Maigret y el ladrón perezoso

Georges Simenon, nacido en 1903 en Lieja (Bélgica), dio sus primeros pasos como reportero y como autor de novelas populares escritas bajo seudónimo. En 1931 publicó, por primera vez con su propio nombre, *Pietr, el Letón*, que presentaba al imperturbable comisario de policía parisino Jules Maigret, personaje que retomó en novelas y relatos a lo largo de las cuatro décadas siguientes, mientras su obra más amplia le granjeaba la reputación de ser uno de los escritores esenciales del siglo xx. Viajero intrépido, con un profundo interés en la gente, Simenon se esforzó, en la literatura y en la realidad, por comprender —y no por juzgar— la condición humana en todos sus matices. Sus libros figuran entre los más leídos del canon mundial.

GEORGES SIMENON

Maigret y el ladrón perezoso

Traducción de
Salvador Bordoy Luque

DEBOLS!LLO

Papel certificado por el Forest Stewardship Council®

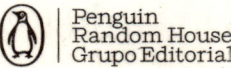

Penguin
Random House
Grupo Editorial

Título original: *Maigret et le voleur paresseux*

Primera edición: mayo de 2026

Printed in Spain – Impreso en España

ISBN: 978-84-663-8842-9
Depósito legal: B-4.333-2026

Compuesto en M. I. Maquetación, S. L.

Impreso en Novoprint
Sant Andreu de la Barca (Barcelona)

P 3 8 8 4 2 9

Maigret y el ladrón perezoso

1

Maigret oyó un fuerte alboroto cerca de él y empezó a moverse, molesto, como si estuviese asustado, y se puso a golpear con un brazo el aire por fuera del embozo. Tenía conciencia de estar en la cama, conciencia también de la presencia de su mujer, quien, despierta, esperaba en la oscuridad sin decir nada.

Se equivocó —al menos durante algunos segundos— sobre la naturaleza de aquel ruido insistente, agresivo, imperioso. Y siempre era en invierno, con tiempo frío, cuando se equivocaba respecto a ese sonido.

Le pareció que era el despertador que estaba sonando, pese a que, desde que se había casado, no había habido ninguno sobre la mesilla de noche. Aquello se remontaba aún más allá de la adolescencia: a su infancia, cuando era un niño de coro y ayudaba en la misa de seis.

Sin embargo, había ayudado en esa misma misa en primavera, en verano y en otoño. ¿Por qué ese recuerdo que surgía automáticamente era un recuerdo de oscuridad, de heladas, de dedos entumecidos y de zapatos que, en el camino, hacían crujir la capa de hielo?

Tiró el vaso, como le ocurría frecuentemente, y la señora Maigret encendió la lamparita de la cabecera de la cama en el momento en que la mano de su marido cogía el teléfono.

—Maigret… Sí…

Eran las cuatro y diez de la madrugada, y el silencio, en la calle, era ese silencio especial de las noches más frías de invierno.

—Soy Fumel, señor comisario…

—¿Cómo?

Oía mal. Se habría dicho que su interlocutor hablaba a través de un pañuelo.

—Fumel, del distrito dieciséis…

El hombre ahogaba su voz como si temiese ser oído por alguien que se encontraba en la habitación de al lado. Ante la ausencia de reacción del comisario, añadió:

—Aristide…

¡Ah, Aristide Fumel! Maigret se había despertado del todo y se preguntaba por qué diablos el inspector Fumel, del distrito XVI, lo despertaba a aquellas horas de la madrugada.

¿Y por qué, además, su voz sonaba misteriosa, como furtiva?

—No sé si hago bien en llamarlo… Hace un momento, avisé a mi jefe, el comisario de policía… Me dijo que llamara al ministerio fiscal y hablé por teléfono con el adjunto de guardia…

En tanto, la señora Maigret, que solo oía las respuestas de su marido, se levantó, buscó sus zapatillas con la punta del pie, se puso una bata guateada y se dirigió a la cocina, donde se oyó enseguida el silbido del gas y a continuación el agua al caer en la olla.

—No sabemos muy bien qué debemos hacer, ¿comprende? El adjunto me dijo que volviese a la escena del crimen y que lo esperase allí. No fui yo quien descubrió el cadáver, sino dos agentes en bicicleta...

—¿Dónde?

—¿Cómo?

—Te estoy preguntando que dónde.

—En el Bois de Boulogne... Carretera de Poteaux... ¿La conoce...? Desemboca en la avenida Fortunée, no lejos de la Porte Dauphine... Se trata de un hombre de cierta edad... De mi edad más o menos... Pero, por lo que he podido ver, no lleva nada en los bolsillos, ningún papel... Claro está que no he tocado el cadáver... Me parece, no sé por qué, que hay algo extraño en esa muerte, y yo he preferido llamarle a usted... Sería mejor que los del ministerio fiscal no lo supieran...

—Muchas gracias, Fumel.

—Vuelvo allá enseguida, no vaya a ser que se presenten antes que de costumbre...

—¿Dónde estás?

—En el puesto de la Faisanderie... ¿Vendrá usted?

Maigret dudó, sumido en el calor de la cama.

—Sí.

—¿Qué dirá usted?

—Aún no lo sé. Ya encontraré un pretexto...

Se sentía humillado, casi furioso; pero, desde hacía seis meses, no era la primera vez que ocurría. El bueno de Fumel no tenía la culpa. La señora Maigret, en el umbral de la puerta, le recomendó:

—Abrígate bien. Está helando.

Al separar las cortinas, Maigret vio escarcha en los cristales. Las farolas de gas proyectaban una luz especial, propia de las noches de frío intenso, y no había un alma en el bulevar Richard-Lenoir, ni un solo ruido, únicamente una ventana iluminada enfrente; sin duda, la habitación de algún enfermo.

¡Ahora lo obligaban a hacer trampas! Era cosa del ministerio fiscal, el del Ministerio del Interior, de todos esos nuevos legisladores, en definitiva, salidos de las escuelas especiales, quienes se habían empeñado en organizar el mundo según sus mediocres ideas. A los ojos de estos, la policía constituía un engranaje inferior, un tanto vergonzoso, de la Justicia con mayúscula. Había que desconfiar de la policía, tenerla vigilada, dejarle tan solo un papel subalterno.

Fumel pertenecía aún a la vieja escuela, como Janvier, como Lucas, como una veintena más de colaboradores de Maigret; pero los otros se acomodaban a los nuevos métodos, a las nuevas reglas, y únicamente pensaban en preparar exámenes a fin de ascender más rápido.

¡Pobre Fumel, que nunca había podido ascender, porque era incapaz de escribir sin cometer faltas de ortografía o de redactar un informe!

El fiscal, o uno de sus adjuntos, tenía que ser el primero al que había que avisar, el primero en llegar al lugar del crimen, en compañía de un juez de instrucción adormilado, y esos señores daban su opinión, como si se hubiesen pasado la vida descubriendo cadáveres y conociesen mejor que nadie a los delincuentes.

En cuanto a la policía… Le encargaban comisiones rogatorias: «Usted hará tal y tal cosa… Usted detendrá a tal persona y me la llevará a mi despacho…». «¡Sobre todo, nada de hacerle preguntas! Hay que proceder según las reglas…».

¡Y había tantas reglas! *Le Journal Officiel* publicaba tal número de textos y, a veces, tan contradictorios que la policía se sentía perdida y vivía con el temor de ser pillada en falta y provocar así las protestas de los abogados.

Se vistió, gruñendo. ¿Por qué en las noches de invierno, cuando lo despertaban así, el café tenía un sabor diferente? También era diferente el olor del piso, que le recordaba la casa de sus padres, cuando se levantaba a las cinco y media de la madrugada.

—¿Llamarás al despacho para que te manden un coche?

—No.

¡No! Si se presentaba allí abajo en un coche del Quai des Orfèvres se arriesgaba a que le pidieran explicaciones.

—Llama a la centralita de taxis…

No le reembolsarían la carrera, a menos que, si se trataba de un asesinato, descubriese al asesino en poco tiempo. No se reembolsaban las carreras de los taxis más que en caso de tener éxito. Y, aun así, había que demostrar que no se había podido llegar al lugar del crimen de otra forma.

Su mujer le tendió una gruesa bufanda de lana.

—¿Llevas los guantes?

Maigret rebuscó en los bolsillos del abrigo.

—¿No quieres comer nada?

No tenía hambre. Parecía enfadado y, sin embargo, esos momentos en los que debía ponerse en acción le gustaban; tal vez sería lo que más echaría de menos cuando se jubilase.

Bajó la escalera y encontró el taxi aparcado ante la puerta, despidiendo vapor blanco por el tubo de escape.

—Al Bois de Boulogne… ¿Conoce la carretera de Poteaux?

—Sería un desastre si no la conociera después de treinta y cinco años en el oficio.

Así era, en suma, como los viejos se consolaban del hecho de envejecer.

Los asientos del taxi estaban helados. Se cruzaron con pocos coches y con algunos autobuses vacíos que se dirigían a su cabeza de línea. Los bares que solían abrir temprano no tenían aún las luces encendidas. En los Champs-Élysées las asistentas limpiaban las oficinas.

—¿Otra ramera a la que han asesinado?

—No lo sé… No creo…

—Ya decía yo que, con este tiempecito, la fulana no habría encontrado a muchos clientes en el Bois de Boulogne.

Su pipa también tenía otro gusto. Hundió las manos en los bolsillos y calculó que hacía por lo menos tres meses que no veía a Fumel y que lo conocía desde… casi desde que ingresó en la policía, en la época en que él, Maigret, trabajaba en una comisaría de barrio.

Por aquel entonces, Fumel ya era feo y ya lo compadecían, al tiempo que se burlaban de él, primero, porque sus padres tuvieron la extraña idea de llamarlo Aristide; segundo, porque, a pesar de su físico, siempre tenía líos sentimentales.

Estaba casado, pero su esposa, después de un año de matrimonio, se había marchado sin dejarle siquiera su nueva dirección. Revolvió cielo y tierra para encontrarla. Durante años, la descripción de la mujer estuvo en el bolsillo de todos los policías y gendarmes de Francia, y Fumel corría al depósito cada vez que sacaban del Sena un cadáver del sexo femenino.

Aquello se convirtió en una leyenda.

—No me quitarán de la cabeza que le ocurrió una desgracia y que fui yo quien tuvo la culpa…

Tenía un ojo paralizado, más claro que el otro, casi transparente, lo que hacía extraña su mirada.

—La querré toda mi vida… Y sé que un día volveré a encontrarla…

¿Albergaba aún la misma esperanza a los cincuenta y un años? Eso no le impedía que se enamorara periódicamente, y el destino seguía encarnizándose con él, porque todas sus amoríos le causaban complicaciones inverosímiles y terminaban de forma desastrosa.

Incluso lo acusaron, con todos los indicios razonables, de proxeneta, debido a una prostituta que se burlaba de él; pero pudo evitar por los pelos que lo echaran de la policía.

A pesar de su candor y de su torpeza, ¿cómo se las arreglaba para ser, sin embargo, uno de los mejores inspectores de París?

El taxi cruzó la Porte Dauphine, giró a la derecha ya dentro del Bois de Boulogne y Maigret advirtió el resplandor de una linterna eléctrica. Un poco después se vieron unas sombras al borde de una avenida.

Maigret se apeó del taxi y pagó la carrera. Una silueta se le acercó.

—Llega usted antes que todos los demás… —dijo Fumel lanzando un suspiro, al tiempo que pateaba el suelo helado para calentarse.

Había dos bicicletas apoyadas contra un árbol. Los agentes, con esclavinas, pateaban también el suelo, mientras un señor bajito, con un sombrero gris perla, miraba impaciente la hora en su reloj.

—El doctor Boisrond, del registro civil…

Distraído, Maigret le estrechó la mano y se dirigió hacia una sombra negra, que estaba al pie de un árbol. Fumel lo guiaba, alumbrando con la luz de su linterna.

—Creo, señor comisario, que usted entiende qué quiero decir… —le explicó Fumel—. En mi opinión, hay algo que no encaja…

—¿Quién lo ha descubierto?

—Esos dos agentes ciclistas, al hacer su ronda.

—¿A qué hora?

—A las tres y doce minutos… Al principio han creído que era un saco arrojado a la cuneta…

En efecto, en el suelo, sobre las hierbas endurecidas por la helada, el cadáver era tan solo una masa informe. No estaba tumbado a lo largo, sino que se hallaba recogido sobre sí mismo, casi hecho un ovillo, y solamente una mano salía de esa masa, una mano aún crispada, como si hubiese intentado coger algo.

—¿De qué murió? —le preguntó Maigret al forense.

—Apenas me he atrevido a tocarlo antes de la llegada del ministerio fiscal; pero, por lo poco que he visto, le fracturaron el cráneo de uno o dos golpes asestados con un objeto contundente…

—¿El cráneo? —insistió el comisario.

Porque, a la luz de la linterna, solo veía, en lugar de una cara, un amasijo de carne tumefacta y sanguinolenta.

—No puedo afirmar nada antes de la autopsia; pero juraría que esos golpes en la cara se los han propinado después, cuando el tipo ya estaba muerto o, al menos, ya moribundo.

Y Fumel, mirando a Maigret en la oscuridad, dijo:

—¿Entiende ahora lo que quiero decir, jefe?

La ropa era de buena calidad, sin ser lujosa; ropa como la que usan, por ejemplo, los funcionarios públicos o los jubilados.

—¿Dices que no lleva nada en los bolsillos?

—He palpado con cuidado y no he notado ningún objeto… Ahora mire alrededor…

Fumel iluminó el suelo en torno a la cabeza: no se veía ninguna mancha de sangre.

—No le han golpeado aquí. El médico está de acuerdo en eso; porque, dadas las heridas, ha tenido que sangrar abundantemente. Así pues, lo han traído al Bois de Boulogne, sin duda en coche. Incluso se diría, por la forma en que se encuentra, encogido sobre sí mismo, que lo han tirado desde el coche, sin que los que lo llevaban se hayan tomado la molestia de bajarse.

El Bois de Boulogne estaba silencioso, inmóvil como un decorado de teatro, con sus farolas que proyectaban, de trecho en trecho, un círculo regular de luz blanca.

—Cuidado… Me parece que ya están aquí.

Un vehículo llegaba de la Porte Dauphine, un largo vehículo negro que buscaba el camino, y Fumel agitó la linterna eléctrica, mientras corría hacia la portezuela.

Maigret, fumando su pipa a pequeñas bocanadas, se mantenía aparte.

—Es aquí, señor fiscal adjunto. El comisario de policía, que ha tenido que ir al hospital Cochin para una diligencia, estará aquí dentro de unos minutos.

Maigret había reconocido al magistrado, un hombre alto, delgado, de unos treinta años, muy elegante, que se llamaba Kernavel. También reconoció al juez de instrucción, con el que rara vez había tenido ocasión de trabajar y que estaba, en cierto modo, a caballo entre los nuevos y los antiguos. Se llamaba Cajou, de pelo castaño y de unos cuarenta años. En cuanto al secretario judicial, este se mantenía lo más lejos posible del cadáver, como si temiese que el espectáculo fuera a hacerle vomitar.

—¿Quién…? —dijo el fiscal adjunto. Miró la figura de Maigret y frunció las cejas—. Disculpe, no lo había visto. ¿Cómo es que está usted aquí?

Maigret se contentó con hacer un ademán vago y pronunciar una frase aún más vaga:

—Por casualidad…

Y Kernavel, descontento, se dirigió, desde aquel instante, únicamente a Fumel.

—¿De qué se trata exactamente?

—Dos agentes en bicicleta, mientras efectuaban su ronda, han visto el cuerpo, hace poco más de una hora. Entonces he avisado al comisario de policía, pero él debía ir primero, como ya le he dicho, al hospital Cochin para realizar una diligencia urgente, y me ha encargado que avisase al ministerio fiscal. Inmediatamente después he llamado al doctor Boisrond…

El fiscal adjunto buscó la figura del médico a su alrededor.

—¿Qué ha descubierto usted, doctor?

—Fractura de cráneo; probablemente fracturas múltiples…

—¿Un accidente…? ¿No cree usted que lo haya atropellado un coche?

—Le han golpeado varias veces. Primero, en la cabeza; después, en la cara, con un instrumento contundente.

—¿Está usted seguro, por tanto, de que se trata de un crimen?

Maigret habría podido callarse; dejar que los otros actuasen, comentasen. Sin embargo, avanzó un paso.

—¿No cree que ganaríamos tiempo avisando a la policía científica?

Fue a Fumel, como siempre, a quien el fiscal adjunto dio sus instrucciones:

—Envíe a uno de los agentes para que la llame…

Estaba pálido por el frío, Todo el mundo tenía frío alrededor del cuerpo inmóvil.

—¿Un vagabundo?

—No va vestido como un vagabundo, y, con el tiempo que hace, no hay uno solo en todo el Bois de Boulogne.

—¿Tal vez lo han atracado?

—Por lo que yo sé, no hay nada en sus bolsillos.

—¿Un hombre que volvía a su casa, al que atacaron?

—No se ve sangre en el suelo. El médico cree, como yo, que el crimen no se ha cometido aquí.

—En ese caso, se trata, con casi toda seguridad, de un ajuste de cuentas.

El fiscal adjunto era perentorio. Estaba satisfecho de haber encontrado una solución adecuada al problema.

—El asesinato se habrá cometido en Montmartre, y los criminales que lo han matado se han librado del cadáver tirándolo aquí…

Se volvió hacia Maigret.

—No creo, señor comisario, que este sea un caso para usted. Seguro que tiene en marcha muchas investigaciones importantes. A propósito, ¿qué ha averiguado acerca del atraco a la oficina de la comisaría del distrito trece?

—Nada todavía.

—¿Y de los atracos anteriores…? ¿Cuántos hemos tenido en París en quince días?

—Cinco.

—Eso pensaba yo. Por eso me ha sorprendido bastante verlo aquí, ocupándose de un caso sin importancia.

No era la primera vez que Maigret oía esa misma cantilena. Esos señores del ministerio fiscal estaban asustados por una ola de criminalidad, como ellos decían, y, sobre todo, por los robos espectaculares que se multiplicaban, como ocurría periódicamente desde hacía algún tiempo.

Eso significaba que una nueva banda, un nuevo *gang*, para emplear la palabra preferida de los periódicos, se había formado recientemente.

—¿Sigue sin tener ningún indicio?

—Ninguno.

Eso no era del todo cierto en realidad. No mentía al decir que no tenía pruebas, aunque sí había elaborado una teoría que se sostenía y que parecía confirmar los hechos, pero eso no le importaba a nadie, y menos al ministerio fiscal.

—Escuche, Cajou, se ocupará usted de este caso, y, créame, procure que se hable de él lo menos posible. Es un hecho vulgar, un crimen infame, y, la verdad, si los chicos malos se dedican a matarse entre ellos, eso habremos ganado todos, ¿me comprende? —Se dirigió de nuevo a Fumel—. ¿Es usted inspector del distrito dieciséis?

Fumel asintió con la cabeza.

—¿Cuánto tiempo hace que trabaja usted en la policía?

—Treinta años… Veintinueve para ser exactos.

A Maigret:

—¿Es un buen agente?

—Conoce su oficio.

El fiscal adjunto hizo un aparte con el juez de instrucción y le habló en voz baja. Cuando ambos regresaron, Cajou parecía algo contrariado.

—Bueno, señor comisario, le agradezco mucho que se haya molestado en venir. Permaneceré en contacto con el inspector Fumel, al que daré instrucciones. Si en un momento dado considero que necesita ayuda, le enviaré a usted comisiones rogatorias o lo convocaré a mi despacho. Tiene usted una tarea demasiado importante y urgente que realizar para que le retenga por más tiempo.

Maigret no estaba pálido únicamente por culpa del frío. Apretó tan fuerte la pipa entre los dientes que la ebonita crujió.

—Señores… —dijo antes de marcharse.

—¿Dispone usted de medio de transporte?

—Encontraré un taxi en la Porte Dauphine.

Por un momento, el fiscal adjunto dudó. Estuvo a punto de proponerle llevarlo hasta allí; pero el comisario se alejaba ya, tras haber dirigido a Fumel un leve saludo con la mano.

Sin embargo, media hora más tarde, Maigret podría haberles dicho muchas cosas sobre el muerto. Pero aún no estaba del todo seguro, por lo que no dijo nada.

En cuanto se había agachado sobre el cadáver, tuvo la sensación de que lo conocía. A pesar de que habían tenido buen cuidado en destrozarle la cara, juraría que sabía quién era.

Únicamente necesitaba una pequeña prueba, que obtendría con solo desnudar el cadáver.

Claro que, si estaba en lo cierto, obtendrían el mismo resultado con las huellas dactilares.

En la parada de taxis encontró el mismo vehículo que lo había conducido hasta allí.

—¿Ya ha terminado?

—Lléveme a mi casa, bulevar Richard-Lenoir.

—Entendido. Aunque el trabajo haya sido rápido, eso no impide que… ¿De quién se trata?

En la plaza de la République un bar estaba abierto y Maigret estuvo a punto de parar el taxi para tomar una copa de lo que fuera. No lo hizo por una especie de pudor. A pesar de que su mujer se había vuelto a acostar, lo oyó subir la escalera y le abrió la puerta. También ella se extrañó.

—¿Ya has vuelto? —Luego, muy deprisa, le preguntó con voz intranquila—: ¿Qué sucede?

—Nada. Esos señores no me necesitan.

Le contó muy poco de lo ocurrido. No solía hablar de los asuntos del Quai des Orfèvres en su casa.

—¿Has comido algo?

—No.

—Voy a prepararte el desayuno. Deberías tomar un baño para entrar en calor.

Ya no tenía frío. Su ira había dejado paso a la melancolía.

No era el único en la policía judicial que se sentía desanimado; incluso el director había hablado un par de veces de presentar su dimisión. No tendría ocasión de proponerla una tercera vez, porque ya estaban tratando de sustituirlo.

Estaban reorganizando, eso decían. Jóvenes instruidos, bien educados, salidos de las mejores familias de la República, estudiaban todas las cuestiones en el silencio de sus despachos, en busca de eficacia. De sus doctas mentes surgían planes miríficos, que se traducían, cada semana, en nuevos reglamentos.

Y, ante todo, la policía debía de ser un instrumento al servicio de la justicia. Un instrumento. Ahora bien, un instrumento no tiene cabeza.

Era el juez, desde su despacho, y el fiscal, desde su prestigioso bufete, quienes llevaban las investigaciones y daban las órdenes.

Además, para ejecutar esas órdenes, ya no querían policías al estilo antiguo, esos ancianos «botas de clavos» que, como Aristide Fumel, no siempre dominaban la ortografía.

¿Qué hacer, sobre todo si se trataba de llevar a cabo el ingente papeleo, con esa gente que había aprendido el oficio en la calle, pasando de la vía pública a los grandes almacenes y a las estaciones de trenes, que se conocían todas las tabernas de su barrio, a todos los delincuentes, todas las prostitutas, y eran capaces, cuando llegaba el caso, de hablar con ellos, utilizando su propio lenguaje?

Ahora se necesitaban diplomas, examinarse en cada etapa de la carrera, y, cuando tenía que ordenar un registro, Maigret solo podía contar con algunos de los más veteranos de su antiguo equipo.

Aún no pensaban deshacerse de él. Esperarían, porque sabían que le quedaban dos años para jubilarse.

Pero sí empezaban a controlar sus movimientos.

Todavía no había amanecido mientras tomaba el desayuno. En las casas de enfrente se iban iluminando poco a poco las ventanas. Debido a esa llamada telefónica se había levantado antes que nadie y sentía la mente un poco embotada, como cuando uno no ha dormido lo suficiente.

—¿Fumel no es ese que bizquea?

—Sí.

—¿Y cuya mujer desapareció?

—Sí.

—¿Nunca la encontró?

—Parece que se casó en América del Sur y que tiene una caterva de niños.

—¿Él lo sabe?

—¿Para qué?

También había llegado al despacho antes que nadie y, aunque ya era de día, tuvo que encender la luz de su lámpara de pantalla verde.

—Póngame con las oficinas de la Faisanderie, por favor.

Era él quien tenía la culpa. No quería convertirse en un sentimental.

—¿Oiga? ¿Está el inspector Fumel…? ¿Cómo…? ¿Que está redactando su informe?

Siempre papeleo, formularios, tiempo perdido.

—¿Eres tú, Fumel?

Este hablaba de nuevo con voz apagada, como si llamase a escondidas.

—¿La policía científica terminó su trabajo?

—Sí. Se han marchado hace una hora.

—¿El forense ha ido al lugar del crimen?

—Sí, el nuevo.

Porque también había un nuevo forense. El anciano doctor Paul, que a los setenta y seis años aún practicaba autopsias, había muerto y había sido sustituido por un tal Lamalle.

—¿Qué ha dicho?

—Lo mismo que su colega. Al tipo no lo mataron en ese sitio. No existe duda alguna de que sufrió una gran hemorragia. Los últimos golpes en la cara se los dieron cuando ya estaba muerto.

—¿Lo han desnudado?

—En parte.

—¿Observaste si tenía un tatuaje en el brazo izquierdo?

—¿Cómo lo sabe?

—¿Un pez…? ¿Una especie de caballito de mar?

—Sí.

—¿Le han tomado las huellas dactilares?

—A la hora que es ya se estará ocupando de ello la policía científica.

—¿El cadáver está en el depósito?

—Sí… Mire… Estaba muy molesto… Aún lo estoy, pero no me he atrevido…

—Ya puedes escribir en tu informe que, con toda probabilidad, la víctima es un tal Honoré Cuendet, de origen suizo, del cantón de Vaux, que perteneció, en otros tiempos, a la Legión Extranjera…

—El nombre me suena… ¿Sabe usted dónde vive?

—No, pero sé dónde vive su madre, si es que vive aún. Preferiría ser el primero en hablar con ella.

—*Ellos* se enterarán.

—Me da igual. De todas formas, apunta la dirección, pero no vayas hasta que yo te avise. Es en la calle Mouffetard. Desconozco el número. Es un entresuelo encima de una panadería, casi en la esquina de la calle Saint-Médard.

—Muchas gracias.

—De nada. ¿Estarás en el despacho?

—Tengo aún para dos o tres horas hasta que termine de redactar este condenado informe.

Maigret no se equivocó, cosa que le provocó cierta satisfacción, al tiempo que una punzada de tristeza. Salió de su despacho, subió la escalera y entró en el departamento de registros, donde trabajaban hombres con batas grises.

—¿Quién se ocupa de las huellas dactilares del muerto del Bois de Boulogne?

—Yo, señor comisario.

—¿Has encontrado algo?

—Ahora mismo.

—¿Cuendet?

—Sí.

—Muchas gracias.

Casi alegre ahora, recorrió otros pasillos y se dirigió hacia las buhardillas del Palacio de Justicia. En las dependencias de la policía científica encontró a su viejo amigo Moers, inclinado, él también, sobre un montón de papeles. Nunca se había acumulado tanto papeleo como desde hacía seis meses. En el pasado, el trabajo administrativo era, evidentemente, bastante importante; pero Maigret calculaba que, desde hacía poco, constituía casi el ochenta por ciento del tiempo de los policías de todos los departamentos.

—¿Te han traído la ropa?

—¿Del tipo del Bois de Boulogne?

—Sí.

Moers señaló a dos de sus colaboradores que agitaban grandes sacos de papel, dentro de los cuales estaban las ropas del muerto. Era la rutina, la primera operación técnica. Se trataba de recoger polvo de todo tipo para analizarlo inmediatamente, lo que proporcionaba, a veces, indicaciones precisas sobre la profesión de un desconocido, por ejemplo, o sobre la zona donde vivía, y, en ocasiones, sobre el lugar donde realmente se había cometido el crimen.

—¿En los bolsillos?

—Nada. Ni reloj, ni cartera, ni llaves. Ni siquiera un pañuelo. Nada de nada.

—¿Y las marcas en la ropa interior y el traje?

—No fueron arrancadas ni descosidas. He anotado el nombre del sastre. ¿Lo quiere?

—Ahora no. Se ha identificado al hombre.

—¿Quién es?

—Un viejo conocido mío, un tal Cuendet.

—¿Un delincuente?

—Un hombre tranquilo; el más tranquilo de los atracadores, sin duda.

—¿Cree usted que lo mató un cómplice?

—Cuendet nunca tuvo cómplices.

—¿Por qué lo mataron?

—Eso es lo que me pregunto.

Allí también se trabajaba con luz artificial, al igual que se hacía, por entonces, en la mayoría de las oficinas parisienses. El cielo tenía el color del acero, y, en las calles, la calzada estaba tan negra que parecía cubierta por una capa de hielo.

Las personas caminaban deprisa, pegadas a las fachadas, con el rostro precedido de una pequeña nube de vapor.

Maigret se reunió con sus inspectores. Algunos estaban llamando por teléfono; otros, la mayoría, también rellenaban formularios.

—¿Nada nuevo, Lucas?

—Seguimos buscando al viejo Fernand. Alguien cree haberlo visto en París hace tres semanas, pero no está del todo seguro.

Un delincuente habitual. Diez años antes, el tal Fernand, cuya identidad exacta jamás se había conocido, formaba parte de una banda que había cometido, en pocos meses, un número impresionante de atracos.

Se detuvo a la banda entera, y el proceso duró casi dos años. El jefe murió, de tuberculosis, en la cárcel. Algunos cómplices siguieron en prisión; pero llegó un momento que, debido a las reducciones de penas, fueron soltándolos uno tras otro.

Estando en el Bois de Boulogne, Maigret no quiso hablar de ese asunto al fiscal adjunto, que estaba asustado por «el recrudecimiento de la criminalidad». El comisario ya tenía una idea sobre las causas de lo que ocurría. Ciertos detalles de los recientes atracos le habían hecho pensar que algunos de los antiguos atracadores se hallaban implicados en esos robos, y habían formado, indudablemente, una nueva banda.

Bastaría con encontrar a uno. Y, por eso, todos los hombres disponibles trabajaban pacientemente desde hacía casi tres meses.

Las búsquedas se habían concentrado en Fernand. Hacía un año que había sido puesto en libertad y, desde hacía seis meses, habían perdido su rastro.

—¿Y su mujer?

—Seguirá jurando que no lo ha vuelto a ver. Los vecinos confirman sus palabras. Nadie ha visto a Fernand en el barrio.

—Seguid con ello, muchachos… Si preguntan por mí… Si alguien del ministerio fiscal pregunta por mí… —Maigret dudó un instante—. Decidle que he ido a tomarme una copa. Decidle lo que se os ocurra…

Al menos, no le impedirían que se ocupara de un hombre que él conocía desde hacía treinta años y que era casi un amigo.

2

Era raro que Maigret hablase de su trabajo y, más raro todavía, que emitiese una opinión sobre los hombres y sus instituciones. Desconfiaba de las ideas, siempre demasiado precisas para ajustarse a la realidad, que es, como él lo sabía muy bien, muy cambiante.

Solo con su amigo Pardon, el médico de la calle Popincourt, se permitía quejarse, después de cenar; lo que, en rigor, era comprensible, debido a la confianza que existía entre ellos.

Precisamente unas semanas antes se había ido de la lengua con cierta amargura.

—La gente, Pardon, cree que nuestra función principal es descubrir a los criminales y obtener sus confesiones. Es una de esas ideas falsas que aún circulan por ahí, como tantas otras, y a las cuales se habitúa uno, aunque nadie trate de comprobarla. En realidad, nuestro papel principal es, ante todo, proteger al Estado, al Gobierno, sea cual sea, y a las instituciones; después, al dinero y a los bienes públicos, a los de los particulares y, por último, la vida de las personas…

»¿Ha hojeado usted alguna vez el Código Penal? Hay que llegar a la página ciento setenta y siete para encontrar en él textos que aludan a los delitos contra las personas. Algún día, más adelante, cuando ya esté retirado, haré la cuenta exacta. Digamos que las tres cuartas partes del Código, si no las cuatro quintas partes, se ocupan de los bienes muebles e inmuebles, de la falsificación de dinero o de documentos públicos o privados, de apropiaciones de herencia, etcétera. Resumiendo: de todo aquello que se relaciona con el dinero... De tal forma que el artículo doscientos setenta y cuatro, referente a la mendicidad en la vía pública, tiene preferencia respecto al artículo doscientos noventa y cinco, que se refiere al homicidio voluntario.

Sin embargo, aquella noche habían cenado muy bien y habían bebido un Saint-Émilion inolvidable.

—En los periódicos, de la brigada que más se habla, porque resulta más espectacular, es de la mía: la criminal, según el término consagrado. En realidad, a los ojos del Ministerio del Interior tenemos menos importancia, por ejemplo, que la Dirección General de Inteligencia o que la Sección Económica...

»Somos un poco como los abogados de los tribunales. Constituimos la fachada, y son los civilistas quienes, en la sombra, hacen el trabajo serio...

¿Habría hablado así hace veinte años...? ¿O incluso hace seis meses, antes de que empezasen aquellos cambios que tanto le disgustaban?

Gruñía entre dientes al atravesar, con el cuello del abrigo subido, el puente Saint-Michel, donde el viento hacía que los peatones se inclinasen hacia un mismo lado, en un mismo ángulo.

Le sucedía con frecuencia discurrir así, a media voz, con aspecto gruñón, y un día había sorprendido a Lucas, diciéndole a Janvier, cuando aún este era nuevo en el Quai des Orfèvres:

—No hay que darle importancia. Cuando reflexiona así a media voz, no siempre significa que esté de mal humor.

Ni que era desgraciado, en definitiva. Significaba que algo le rondaba por la mente. En ese momento se trataba de la actitud del ministerio fiscal en el Bois de Boulogne, y también de ese final estúpido de Honoré Cuendet, a quien habían destrozado la cara después de asesinarle.

«Decidle que he ido a tomarme una copa…».

A ese punto habían llegado. Lo que a esos señores les interesaba por encima de todo era poner fin a la serie de atracos que causaban tanto perjuicio a los bancos, a las compañías de seguros, a las cajas de ahorro… También consideraban que los robos de automóviles eran demasiado numerosos.

—¿Y si los cajeros estuvieran mejor protegidos? —había replicado él—. ¿Y si no se confiase a un solo hombre, ni a dos, la misión de transportar millones de francos durante un recorrido que cualquiera puede localizar?

¡Demasiado caro, evidentemente!

En cuanto a los coches, ¿era normal dejarlos al borde de la acera, con la puerta a menudo sin cerrar y, a veces, con la llave de contacto en el salpicadero, con un objeto dentro que valía una fortuna, en muchas ocasiones el equivalente al precio de un piso mediano o de una casita en las afueras?

Era tanto como dejar, al alcance del primero que llegara, un collar de brillantes o una cartera que contuviese dos o tres millones…

¿Y qué? Eso no le correspondía a él. Él era tan solo un instrumento, ahora más que nunca, y esas preguntas no eran de su competencia.

No por eso dejó de ir a la calle Mouffetard, donde, a pesar del frío, encontró la animación acostumbrada alrededor de los puestos de carne al aire libre y de los carrillos de verdura. Reconoció, dos casas más allá de la calle Saint-Médard, la angosta panadería con la fachada pintada de amarillo y, encima de ella, las ventanas bajas del entresuelo.

La casa era vieja, estrecha… Al fondo del patio se oía golpear el hierro.

Se aventuró por la escalera, en la que una cuerda hacía de pasamano, llamó a una puerta y pronto oyó pasos apagados.

—¿Eres tú? —preguntó una voz, al tiempo que el picaporte giraba y la puerta se abría.

La anciana había engordado aún más, de medio cuerpo para abajo solamente, a partir de la cintura. Su cara era más bien delgada, y sus hombros, estrechos; por el contrario, las caderas eran ampulosas, tan ampulosas que caminaba con dificultad.

Lo miró sorprendida, intranquila, con una mirada a la que Maigret estaba acostumbrado: la de las gentes que temen siempre una desgracia.

—Lo conozco, ¿verdad…? Ya vino usted otra vez… Espere…

—Comisario Maigret —murmuró él, entrando en una habitación muy caldeada y que olía a estofado.

—Eso es, sí… Ahora lo recuerdo… ¿De qué le acusa usted en esta ocasión?

No se notaba hostilidad, sino una especie de resignación, de aceptación de la fatalidad.

La anciana le señaló una silla. Sobre el sillón tapizado de cuero desgastado, el único sillón del piso, un perrito de pelaje rojizo enseñaba sus dientes puntiagudos y gruñía sordamente, mientras que un gato blanco, con manchas color café con leche, entreabría apenas sus ojos verdes.

—Silencio, Toto... —Y al comisario—: Gruñe, pero no es malo... Es el perro de mi hijo... No sé si es debido a que vive conmigo, pero ha acabado por parecerse a mí.

El animal tenía efectivamente una cabeza minúscula, de hocico puntiagudo y patas delgadas; pero un cuerpo en forma de morcilla, que hacía pensar más en un cerdo que en un perro. Debía de ser muy viejo ya. Sus dientes se veían amarillentos, espaciados...

—Hace por lo menos quince años de eso. Honoré lo recogió en la calle, con las dos patas rotas por un coche... Le fabricó un aparato con tablas, y, dos meses después, el pobrecito animal, al que los vecinos querían matar, caminaba como los otros perros...

El piso era bajo de techo, bastante oscuro y de una limpieza asombrosa. La habitación servía de cocina y de comedor, y contaba con una mesa redonda en el centro, un aparador viejo y una cocina económica holandesa, de un modelo que casi no se veía ya...

Cuendet debió de comprarla en un mercadillo, y la había rehecho de nuevo, porque siempre había sido muy mañoso. El hornillo estaba al rojo vivo; los cobres, brillantes, y se oía un ronquido...

En la calle, el mercado se hallaba en todo su apogeo, y Maigret recordó que, en su visita anterior, se había encontrado con la anciana acodada en la ventana, donde esta pasaba, cuando hacía buen tiempo, la mayor parte de su vida contemplando a la multitud.

—Le escucho, señor comisario.

Conservaba el acento de su región y, en lugar de sentarse frente a él, permaneció de pie, como a la defensiva.

—¿Cuándo vio usted a su hijo por última vez?

—Dígame, ante todo, si lo han detenido.

Maigret no dudó ni un segundo, y pudo responder sin mentir:

—No.

—¿Lo está usted buscando entonces? En ese caso, le diré inmediatamente que no está aquí. No tiene más que registrar el piso, como ya lo hizo en otra ocasión. No encontrará nada cambiado, aunque ya hace más de diez años de eso...

Señaló una puerta abierta, y Maigret vio un comedor que no se usaba nunca, lleno de cacharros inútiles, de mantelitos, de fotografías en sus marcos, como se ve en las casas de la gente modesta que necesita, a pesar de todo, una habitación ostentosa.

Dos dormitorios daban al patio. El comisario sabía que eran el de la anciana, con una cama de metal que lo llenaba por completo, y el que ocupaba, a veces, Honoré, igual de sencillo, aunque más confortable.

Un olor a pan caliente subía del piso de abajo, que se mezclaba con el del estofado.

—Tampoco estoy buscándolo, señora Cuendet. Solo querría saber...

La anciana pareció comprender al instante, adivinar lo que ocurría, y su mirada se hizo más penetrante, con un fulgor de ansiedad...

—Si no lo busca usted y tampoco lo ha detenido, eso quiere decir…

Tenía el cabello ralo en un cráneo que parecía irrisoriamente estrecho.

—… que le ha sucedido algo, ¿verdad?

Maigret bajó la cabeza.

—He preferido comunicárselo yo…

—¿La policía le disparó?

—No. Yo…

—¿Un accidente?

—Su hijo ha muerto, señora Cuendet.

La anciana lo miró duramente, sin llorar, y el perrito, que pareció haber comprendido, saltó del sillón para ir a frotarse contra las gruesas piernas de la vieja.

—¿Quién lo ha matado?

Silbó estas palabras entre sus dientes, tan separados como los del perro, que se puso a gruñir de nuevo.

—No sé nada. Lo han matado, pero aún desconocemos dónde.

—Entonces ¿cómo puede usted decir…?

—Han encontrado su cadáver, esta mañana, en el Bois de Boulogne.

La anciana, desconfiada, repitió, como si se oliese una trampa:

—¿En el Bois de Boulogne…? ¿Qué iría a hacer en el Bois de Boulogne?

—Allí ha sido donde han descubierto su cuerpo. Trasladaron su cadáver en coche desde otra parte, donde lo mataron.

—¿Por qué?

Maigret se mostraba paciente, evitaba atosigarla, y se tomaba tiempo.

—Es una pregunta que también nos hacemos nosotros.

¿Cómo podría haberle explicado al juez de instrucción sus relaciones con Cuendet, por ejemplo? No era solamente en su despacho del Quai des Orfèvres donde había empezado a conocerle, ni había bastado una investigación más o menos farragosa…

No, aquello representaba treinta años de oficio, y varias visitas a aquel piso, donde Maigret no se consideraba un extraño.

—Para descubrir a sus asesinos, necesito saber cuándo lo vio usted por última vez. Hace varios días que no dormía aquí, ¿verdad?

—A su edad, tiene perfecto derecho a…

La anciana se interrumpió, con los párpados repentinamente hinchados.

—¿Dónde está ahora?

—Lo verá usted más tarde. Vendrá a buscarla un inspector.

—¿Lo han trasladado al depósito?

—Sí.

—¿Sufrió?

—No.

—¿Le dispararon?

Las lágrimas corrían por sus mejillas, pero no sollozaba, y seguía mirando a Maigret con un resto de desconfianza.

—Lo golpearon.

—¿Con qué?

Parecía que la anciana deseaba reconstruir en su mente la muerte de su hijo.

—Lo ignoramos, seguramente con un objeto pesado.

Instintivamente, la mujer se llevó la mano a la cabeza e hizo una mueca de dolor.

—¿Por qué?

—Le prometo que lo averiguaremos. Precisamente he venido a verla para descubrirlo, y porque la necesito. Siéntese, señora Cuendet.

—No puedo.

Sin embargo, le temblaban las piernas.

—¿Tiene usted algo para beber?

—¿Tiene usted sed?

—No, es para usted. Me gustaría que se tomara una copita.

Maigret recordaba que ella bebía, y, efectivamente, la anciana cogió del aparador del comedor una botella de aguardiente.

Incluso en momentos como aquel, la mujer sentía la necesidad de disimular un poco su afición por la bebida.

—Lo guardaba para mi hijo... Le gustaba tomar un poco después de la comida...

Llenó dos vasos de fondo grueso.

—Me pregunto por qué lo han matado —repitió la anciana—. Un muchacho, que nunca hizo mal a nadie; el hombre más tranquilo, el más bueno de la tierra... ¿No es verdad, Toto...? Tú lo sabes mejor que nadie...

Llorando, acariciaba al obeso perro, que movía la cola, una escena que les habría parecido indudablemente grotesca al fiscal adjunto y al juez de instrucción Cajou.

Acaso el hijo de quien ella hablaba así, ¿no era un reincidente de la justicia, que, sin su habilidad, estaría detenido?

Había ingresado dos veces en la cárcel, y se le había procesado solo una vez, y en ambas ocasiones lo había detenido Maigret.

Habían pasado muchas horas frente a frente en el Quai des Orfèvres, empleando ambos la astucia; pero se habría dicho que cada uno apreciaba al otro en su justo valor.

—¿Cuánto tiempo hace...?

Maigret volvía a la carga, pacientemente, con voz neutra, sobre un trasfondo de ruidos del mercado.

—Hace más de un mes —cedió, por fin, la mujer.

—¿No le dijo nada?

—No me hablaba nunca de lo que hacía fuera de casa.

Era verdad. Maigret pudo comprobarlo en otra ocasión.

—¿No vino a verla ni una sola vez en todo ese tiempo?

—No. Y, sin embargo, la semana pasada fue mi cumpleaños. Me mandó flores.

—¿De dónde las mandó?

—Las trajo un repartidor.

—¿Aparecía el nombre del florista?

—Tal vez. No me fijé.

—¿Conocía al repartidor...? ¿Era alguien del barrio?

—No lo había visto nunca.

No le pidió que le dejara ver el dormitorio de Honoré Cuendet en busca de algún indicio. No estaba allí en misión oficial. No le habían encargado aquella investigación.

El inspector Fumel llegaría de un momento a otro, sin duda, provisto de documentos en regla, firmados por el juez de instrucción. Era muy probable que no encontrase nada. Las veces anteriores, Maigret tampoco había encontrado nada, excepto trajes colgados cuidadosamente, ropa interior en el armario, algunos libros y herramientas que nada tenían que ver con los robos.

—¿Cuánto tiempo hace que no desaparecía durante tanto tiempo?

La anciana trató de recordar. No estaba del todo centrada en la conversación y tuvo que hacer un gran esfuerzo.

—Pasó casi todo el invierno en casa.

—¿Y el verano?

—No sé dónde fue.

—¿No le propuso llevarla al campo o a la playa?

—No habría ido. Ya he vivido bastante tiempo en el campo para desear regresar allí.

Debía de tener unos cincuenta años, o poco más, cuando llegó a París. La única ciudad que conocía hasta entonces era Lausana.

Era de un pueblecito del cantón de Vaud, Sénarclens, cerca de un pueblo llamado Cossonay, donde Gilles, su marido, trabajaba como obrero agrícola.

Hacía ya mucho tiempo y durante unas vacaciones, Maigret había atravesado la región, en compañía de su mujer, y ahora recordaba, sobre todo, las posadas.

Precisamente estas posadas, limpias y apacibles, fueron la perdición de Gilles Cuendet. Hombre bajito y con las piernas torcidas, no hablaba mucho y podía pasarse horas enteras, en un rincón, bebiendo cuartillos de vino blanco.

De obrero agrícola pasó a ser cazador de topos. Iba de granja en granja para poner sus trampas, y se decía de él que olía tan mal como los animales que cazaba.

Tuvieron dos hijos, Honoré y su hermana Laurence, quien, tras enviarla como camarera a Ginebra, terminó casándose con uno de la Unesco, un traductor —si la memoria no le fallaba a Maigret—, con quien se fue a América del Sur.

—¿Tiene usted noticias de su hija?

—Recibí su felicitación por Año Nuevo. Tiene ya cinco hijos. Puedo enseñarle la tarjeta.

Fue a buscarla a la habitación de al lado, más por necesidad de moverse que por convencerlo.

—Mire, es en color…

La imagen representaba el puerto de Río de Janeiro bajo una puesta de sol de un rojo violáceo.

—¿Ya no le escribe?

—¿Para qué? Con el océano entre nosotros, nunca volveremos a vernos. Ella hace su vida, ¿no?

Honoré también hacía la suya, aunque se trataba de otro tipo de vida. Cuando cumplió los quince años lo enviaron a trabajar, a él también, como aprendiz a una cerrajería de Lausana.

Era un muchacho tranquilo y poco comunicativo, que apenas hablaba, salvo con su padre. Vivía en una buhardilla en una casa vieja, junto al mercado, y tras una denuncia anónima, la policía había irrumpido una mañana en su casa.

Honoré tenía menos de diecisiete años en aquella época. En su cuarto se encontraron los objetos más diversos, cuya procedencia no intentó siquiera explicar: despertadores, herramientas, botes de conserva, trajecitos de niño con sus etiquetas todavía puestas, dos o tres aparatos de radio que aún no habían sido sacados de su embalaje original…

Al principio, la policía creyó que se trataba de un robo *à la roulotte;* es decir, robos efectuados en camiones aparcados.

Tras la investigación, se comprobó que no era ese el caso: el joven Cuendet se introducía en los almacenes cerrados, en los depósitos, en los pisos desocupados y se llevaba, al azar, lo que encontraba a mano.

Debido a su edad, lo enviaron al reformatorio de Vennes, más allá de Lausana, donde, entre los oficios que le propusieron aprender, eligió el de calderero.

Durante un año, fue un interno modelo, tranquilo y agradable, trabajador, que jamás infringió las leyes.

Luego, de repente, desapareció sin dejar rastro, y pasaron diez años antes que Maigret volviera a encontrárselo en París.

Lo primero que hizo, por precaución, al abandonar Suiza, donde no había vuelto a poner los pies, fue enrolarse en la Legión Extranjera, y había vivido cinco años en Sidi Bel Abbes y en Indochina.

El comisario tuvo ocasión de conocer su expediente militar y hablar de él con uno de sus jefes.

También en tal caso, Honoré había sido, en general, un soldado modelo. Todo lo más que le reprochaban era ser un hombre solitario, no tener ningún amigo, no mezclarse con los demás, ni siquiera las noches de fiesta.

—Era soldado como otros son ajustadores o zapateros —decía su teniente.

Ningún arresto en tres años. Tras lo cual, sin razón conocida, desertó, y, algunos días después, lo encontraron en un taller de Argelia, donde trabajaba.

No dio explicación alguna de esa marcha repentina que podía costarle cara, contentándose con murmurar:

—No podía más.

—¿Por qué?

—No lo sé.

Gracias a sus tres años de servicio impecables, lo trataron con indulgencia, y, seis meses después, comenzó de nuevo. Esta vez, lo pillaron, veinticuatro horas después de estar en libertad, escondido en un camión de hortalizas.

Fue en la Legión donde le tatuaron un pez en el brazo izquierdo, a petición suya. Maigret había intentado adivinar el significado de ese tatuaje.

—¿Por qué un pez? —había insistido—. Y, sobre todo, ¿por qué un caballito de mar?

A los legionarios, normalmente, les gustan los tatuajes más sugerentes.

Era un hombre de veintiséis años el que entonces tenía Maigret frente a él, con el cabello de un rubio rojizo, ancho de hombros y de estatura más bien baja.

—¿Alguna vez ha visto usted caballitos de mar?

—Vivos no.

—¿Y muertos?

—He visto uno.

—¿Dónde?

—En Lausana.

—¿En casa de quién?

—En la habitación de una mujer.

Había que arrancarle las palabras una a una.

—¿Qué mujer?

—En la casa de una mujer.

—¿Antes de que lo encerraran en Vennes?

—Sí.

—¿Siguió usted a esa mujer?

—Sí.

—¿Por la calle?

—Sí, en la esquina de la calle Centrale.

—Y, en su habitación, ¿había un caballito de mar disecado?

—Eso es. Me dijo que era su amuleto de la suerte.

—¿Conoció usted a muchas otras mujeres?

—No muchas.

Maigret creyó haber comprendido.

—¿Qué hizo cuando, liberado de la Legión, llegó a París?

—Trabajé.

—¿Dónde?

—En una cerrajería de la calle de la Roquette.

La policía lo comprobó. Era cierto. Había trabajado dos años y sus jefes estaban muy satisfechos con él. Aunque se burlaban bastante de Cuendet porque no era «hablador»; sin embargo, lo consideraban un obrero modelo.

—¿Qué hacía usted por las tardes?

—Nada.

—¿Iba al cine?

—Casi nunca.

—¿Tenía usted amigos?

—No.

—¿Amigas?

—Menos aún.

Parecía que las mujeres le daban miedo. Y, sin embargo, en recuerdo de la primera con quien se había acostado, a los dieciséis años, se había tatuado un caballito de mar en el brazo.

La investigación había sido minuciosa. En aquella época, podían hacer las cosas bien. Maigret era todavía inspector y apenas tenía tres años más que Cuendet.

Había sucedido algo parecido a lo de Lausana, solo que, esa vez, no había habido ninguna carta anónima.

Una mañana, muy temprano, hacia las cuatro de la madrugada, a la misma hora que habían descubierto el cadáver en el Bois de Boulogne, un agente uniformado había interpelado a un individuo cargado con un paquete enorme. Fue una casualidad. Ahora bien, por un instante, el hombre tuvo intención de huir.

En el paquete se encontraron pieles, y Cuendet se negó a explicar la procedencia de esa extraña carga.

—¿Adónde iba usted con eso?

—No lo sé.

—¿De dónde viene entonces?

—No tengo nada que decir.

Finalmente averiguaron que las pieles procedían de un peletero de la calle de los Francs-Bourgeois.

Cuendet vivía, entonces, en una pensión de la calle Saint-Antoine, a cien metros de la Bastilla, y, en su cuarto, como en su buhardilla de Lausana, encontraron un surtido de las más diversas mercancías.

—¿A quién revende usted su botín?

—A nadie.

Eso parecía inverosímil y, sin embargo, había sido imposible establecer una connivencia entre el suizo y los peristas conocidos.

Llevaba poco dinero encima. Sus gastos se correspondían con lo que ganaba en su trabajo.

El caso intrigó de tal manera a Maigret que obtuvo de su jefe de entonces, el comisario Guillaume, que su detenido fuese examinado por un médico.

—Seguramente es lo que nosotros llamamos un asocial; pero tiene una inteligencia más bien superior a la media y una afectividad normal.

Cuendet tuvo la suerte de que lo defendiera un joven abogado que, más adelante, se convertiría en uno de los más prestigiosos de su profesión, el señor Gambier, y quien consiguió para su cliente la pena mínima.

Encarcelado, primero, en la Santé, Cuendet pasó poco más de un año en Fresnes, donde, una vez más, se comportó como un prisionero modelo, lo que le valió una reducción de la pena de algunos meses.

Entretanto, su padre murió, atropellado por un coche un sábado por la noche, cuando regresaba a su casa, completamente borracho, en una bicicleta sin faros.

Honoré hizo acudir a su madre de Sénarclens, y aquella mujer, que solamente había conocido el campo más tranquilo de Europa, se encontró de pronto inmersa en la barahúnda hormigueante de la calle Mouffetard.

¿No era ella también una especie de personaje peculiar? En lugar de asustarse y tomarle manía a la gran ciudad, se adaptó perfectamente a su barrio, a su calle, hasta el punto de ser uno de los personajes más populares de la zona.

Se llamaba Justine, y, de un extremo al otro de la calle Mouffetard, todo el mundo acabó por conocer a la vieja Justine de hablar lento y de ojos maliciosos.

Que su hijo hubiese estado en la cárcel no le preocupaba en absoluto.

—Cada cual tiene sus gustos y sus opiniones —decía.

En dos ocasiones más, Maigret tuvo que vérselas con

Honoré Cuendet; la segunda vez, tras un cuantioso robo de joyas en la calle de la Pompe, en Passy.

El robo había tenido lugar en un piso lujoso, donde, además de los dueños, vivían tres criados. Tras regresar de una velada, los propietarios habían dejado las joyas sobre un tocador en el vestidor que daba al dormitorio, cuya puerta había permanecido abierta toda la noche.

Ni el señor ni la señora D., que habían dormido en su cama, oyeron nada. La doncella, que dormía en la misma planta, estaba segura de haber cerrado la puerta con llave y de haberla encontrado, a la mañana siguiente, también cerrada. Ninguna señal de que la hubiesen forzado. Ninguna huella.

Como el apartamento se encontraba en el tercer piso, era imposible que hubiesen escalado por la fachada. Tampoco ningún balcón permitía alcanzar el vestidor desde un piso vecino.

Era el quinto o sexto robo de ese tipo en tres años, y los periódicos empezaban a hablar de un ladrón fantasma.

Maigret recordaba aquella primavera, el aspecto de la calle de la Pompe a todas las horas del día, porque iba de puerta en puerta, preguntando incansablemente a la gente, no solo a los porteros y a los comerciantes, sino también a los inquilinos de los inmuebles y a los criados.

Fue por casualidad, por tenacidad más bien, por lo que se topó con Cuendet. En el inmueble frente a la casa del robo, había quedado vacía, hacía seis meses, una habitación que daba a la calle. Se alquiló pronto.

—Quien la ocupa es un señor muy amable, muy tranquilo —le había dicho la portera—. Sale poco, nunca por las noches, y no recibe a mujeres. No recibe a nadie, esa es la verdad.

—¿Se arregla él mismo el cuarto?

—Claro que sí. ¡Y le aseguro que está muy limpio!

¿Tan seguro estaba Cuendet de sí mismo que no se había tomado la molestia de mudarse después del robo…? ¿O bien había temido despertar sospechas si abandonaba el cuarto?

Maigret lo encontró en su casa, leyendo. Asomándose a la ventana, el comisario pudo ser testigo de las idas y venidas de los inquilinos de los pisos de enfrente.

—Tengo que pedirle que me acompañe a la policía judicial.

El suizo no protestó. Dejó que registraran su piso sin decir palabra. No encontraron nada, ni una joya, ni una llave falsa, ni una herramienta para robos.

En el Quai des Orfèvres el interrogatorio se prolongó durante casi veinticuatro horas, interrumpido por vasos de cerveza y bocadillos.

—¿Por qué alquiló usted esa habitación?

—Porque me gustaba.

—¿Discutió con su madre?

—No.

—¿Ya no vive usted con ella?

—Cualquier día de estos volveré.

—Ha dejado allí la mayoría de sus pertenencias.

—Por eso mismo.

—¿Ha ido a verla últimamente?

—No.

—¿Con quién se ha encontrado usted?

—Con la portera, los vecinos, la gente que pasa por la calle…

Su acento suizo confería a sus respuestas una ironía quizás involuntaria, ya que su semblante permanecía tranquilo y serio. Parecía hacer lo imposible por satisfacer al comisario.

El interrogatorio no había dado resultado alguno, pero la investigación, en la calle Mouffetard, había proporcionado ciertos datos sobre él. En efecto, se supo que no era la primera vez que Honoré desaparecía durante un tiempo más o menos largo, de tres semanas a dos meses en general, y que luego regresaba a casa de su madre.

—¿Cuáles son sus medios de existencia?

—Hago chapuzas. Tengo un poco de dinero ahorrado.

—¿En el banco?

—No, no me fío de los bancos.

—¿Dónde guarda entonces ese dinero?

Calló. Desde su primera detención había estudiado el Código Penal, que conocía de memoria.

—No soy yo quien tiene que probar mi inocencia. Es usted quien tiene que demostrar que soy culpable.

Sola una vez se enfadó Maigret y, ante el aspecto levemente reprobatorio de Cuendet, se arrepintió enseguida.

—Usted se ha deshecho de las joyas de una forma u otra. Es probable que las haya vendido. ¿A quién?

Como es lógico, la policía investigó las casas de todos los peristas conocidos; se dio la voz de alarma a Amberes, Ámsterdam y Londres. Incluso se informó a los soplones de la policía.

Nadie conocía a Cuendet. Nadie lo había visto. Nadie estaba relacionado con él.

—¿Qué le decía? —exclamó triunfante su madre—. Sé muy bien que es usted un hombre astuto; pero mi hijo no lo es menos.

A pesar de su expediente judicial, a pesar del alquiler de la habitación, a pesar de todos los indicios, hubo que dejarlo en libertad.

Cuendet no se había mostrado exultante. Se tomó el asunto con tranquilidad. El comisario lo vio de nuevo, mientras buscaba su sombrero. Cuendet se detuvo ante la puerta y le tendió la mano:

—Hasta la vista, señor comisario…

¡Como si esperase volver allí otra vez!

3

Las sillas tenían el asiento de paja trenzada y, en la penumbra, producían reflejos dorados. El suelo, de madera de pino vulgar, muy viejo, estaba, sin embargo, tan bien encerado que se veía en él, como en un espejo, el rectángulo de la ventana. El péndulo de cobre de un reloj de pared se movía a ritmo acompasado.

Se habría dicho que cualquiera de aquellos objetos —el atizador, las tazas con grandes flores color rosa y hasta la escoba, contra la que el gato se frotaba el lomo— tenían vida propia, como en los antiguos cuadros holandeses o en las sacristías.

La anciana destapó la hornilla para echar dos paladas de carbón brillante, y, por un instante, las llamas se alzaron hasta su rostro.

—¿Me permite que me quite el abrigo?

—¿Quiere decir eso que va a quedarse mucho tiempo?

—En la calle hace menos cinco grados. Y en su casa hace más bien mucho calor.

—Dicen que los viejos nos volvemos frioleros —gruñó la anciana más para sí misma, a fin de ocupar la mente, que para el comisario—. A mí, la estufa me hace mucha compañía. Ya de jovencito, mi hijo era como es hoy. Me parece estar viéndolo, en nuestra casa de Sénarclens, pegado contra la estufa, mientras estudiaba la lección.

Miró el sillón vacío, de madera pulimentada y cuero desgastado.

—También en esta casa se acercaba al fuego y podía pasarse los días leyendo sin oír nada de lo que le decías.

—¿Qué leía?

La anciana alzó los brazos al techo en señal de impotencia.

—¿Cómo voy a saberlo? Libros, que iba a buscar a la biblioteca pública de la calle Monge. Mire, aquí está el último. Los cambiaba a medida que los leía. Tenía una especie de suscripción. Usted debe de saber cómo funciona…

Forrada con una tela negra y brillante, que recordaba a una vieja sotana, era una obra de Lenotre sobre un episodio de la Revolución.

—Mi Honoré sabía muchas cosas. No hablaba mucho, pero su cabeza no dejaba de trabajar. También leía los periódicos, cuatro o cinco al día, y gruesas revistas ilustradas, que cuestan caras, con fotografías en colores…

A Maigret le gustaba el olor del piso, compuesto de muchos y distintos olores. Siempre había sentido debilidad por las habitaciones que poseen un olor característico y dudaba en encender la pipa, que había llenado maquinalmente.

—Puede usted fumar. Él también fumaba en pipa. Estaba tan apegado a sus viejas pipas que hasta las arreglaba con alambre cuando se estropeaban.

—Quisiera hacerle una pregunta, señora Cuendet.

—Me resulta extraño que me llame usted así. ¡Hace tanto tiempo que todo el mundo me llama Justine! Creo que, aparte del alcalde, cuando me felicitó el día de mi boda, nadie me ha llamado de otra forma. ¡Pregúnteme lo que quiera! Le contestaré si puedo.

—Usted no trabaja, y su marido era pobre.

—¿Acaso ha conocido usted a algún cazador de topos rico, sobre todo si este bebe desde la mañana hasta la noche?

—Por tanto, vive usted del dinero que le entregaba su hijo.

—¿Hay algo malo en eso?

—Un obrero entrega su sueldo a su mujer o a su madre semanalmente; un empleado, todos los meses. Supongo que Honoré le entregaba dinero a medida que usted lo necesitaba, ¿no?

Ella lo miró atentamente, como si comprendiese el alcance de la pregunta.

—¿Y qué?

—Podría haberle entregado también una suma importante cuando regresaba tras sus largas ausencias, por ejemplo.

—Aquí, nunca ha habido cantidades importantes. ¿Qué habría hecho yo con ellas?

—Esas ausencias duraban más o menos tiempo, a veces semanas, ¿no es verdad? Si durante ese tiempo usted necesitaba dinero, ¿qué hacía?

—Nunca lo he necesitado.

—¿Le daba, por tanto, suficiente antes de marcharse?

—Tengo cuenta en la carnicería, en la tienda de ultramarinos… Puedo comprar a crédito donde sea, en cualquier comercio del barrio, hasta en los puestos callejeros. Todo el mundo conoce en esta calle a la vieja Justine.

—¿Nunca le hizo ningún giro?

—No sé cómo habría podido cobrarlos yo.

—Escuche, señora Cuendet…

—Prefiero que me llame Justine…

Ella seguía de pie. Echó un poco de agua caliente en el estofado y colocó la tapadera de la olla de forma que quedara una ligera abertura para el vapor.

—Ya no puedo perjudicar a su hijo ni tengo intención de molestarla a usted. Lo que quiero es encontrar a quienes lo mataron…

—¿Cuándo podré verlo?

—Seguramente esta tarde. Vendrá a buscarla un inspector.

—¿Y me lo entregarán?

—Creo que sí. Necesito comprender varias cosas para poder encontrar a su o sus asesinos.

—¿Qué necesita comprender?

Aún desconfiaba, como campesina que seguía siendo, como anciana casi analfabeta que ve trampas por todas partes. Era más fuerte que ella.

—Su hijo la dejaba varias veces al año; permanecía ausente durante varias semanas…

—Algunas veces, tres semanas; otras, hasta dos meses…

—¿Cómo estaba cuando regresaba?

—Como un hombre satisfecho de encontrar sus zapatillas al lado del fuego.

—¿La avisaba antes de marcharse o se iba sin decirle nada?

—¿Quién le habría preparado la maleta entonces?

—Por tanto, le hablaba de ello. Se llevaba trajes para cambiarse, ropa interior…

—Se llevaba todo lo que le necesitaba.

—¿Tenía varios trajes?

—Cuatro o cinco. Le gustaba mucho ir bien vestido.

—¿Tiene usted la impresión de que a su vuelta escondía algo en el piso?

—No sería fácil encontrar un escondrijo en estas cuatro habitaciones. Usted las ha registrado y no solo una vez. Recuerdo que sus hombres buscaron por todas partes y que hasta desmontaron los muebles. Bajaron al sótano, que es de todos los inquilinos, y subieron a la buhardilla, donde buscaron en el rincón que nos pertenece.

Era cierto, y no habían encontrado nada.

—Su hijo no tiene cuenta en ningún banco. Nos hemos asegurado de ello, ni cartilla de la Caja de Ahorros. Ahora bien, debía guardar su dinero en alguna parte. ¿Sabe usted si, en alguna ocasión, fue al extranjero, a Bélgica, por ejemplo, o a Suiza, a España?

—En Suiza le habrían detenido.

—Es verdad.

—Nunca me habló de los otros países que usted ha citado.

Se había avisado varias veces a las fronteras. Durante años, la fotografía de Honoré Cuendet estaba entre aquellas personas que había que vigilar en las estaciones de trenes y en las diferentes salidas del país.

Maigret pensó en voz alta:

—Tuvo que vender forzosamente joyas, objetos… No se dirigió a ningún perista conocido. Y, como gastaba poco, también guardaría forzosamente, en alguna parte, una cantidad importante de dinero.

Miró a la anciana con más atención.

—Si solo le entregaba dinero cuando usted lo necesitaba, ¿qué será de usted ahora?

Esa idea la impactó y se estremeció. Maigret notó que en sus ojos afloraba cierta inquietud.

—No tengo miedo —respondió, siempre en tono altivo—. Honoré es un buen hijo.

No dijo esta vez «era». Y continuó como si estuviera vivo:

—Estoy segura de que no me dejará sin nada.

Maigret señaló:

—No lo mató un vagabundo. No se trata de un crimen depravado. Tampoco lo asesinó un cómplice…

La anciana no le preguntó por qué y él no se lo explicó. Un vagabundo no habría tenido ninguna razón para desfigurar la cara del cadáver, ensañándose en ella, ni en vaciar completamente los bolsillos, incluidos papeles sin valor, la pipa, las cerillas…

Un cómplice tampoco lo habría hecho, ya que sabía que Cuendet había estado en la cárcel y, por consiguiente, sería identificado por sus huellas dactilares.

—El que lo mató no lo conocía. Y, sin embargo, tenía una razón importante para eliminarlo. ¿Lo entiende usted?

—¿Qué debo entender?

—Que cuando sepamos qué robo preparaba Honoré, en qué casa, en qué piso se introdujo, tendremos más datos para descubrir a su asesino.

—Eso no lo resucitará.

—¿Me permite que eche una ojeada a su habitación?

—No se lo puedo impedir.

—Prefiero que me acompañe usted.

La anciana lo siguió, encogiéndose de hombros, balanceando sus caderas casi monstruosas, y el perrillo rojizo le siguió los pasos, pegado a sus talones y dispuesto a gruñir de nuevo.

El comedor era anodino, sin vida, apenas sin olor. Una colcha muy blanca cubría la cama de metal de la anciana, y la habitación de Honoré, mal iluminada por la ventana que daba al patio, estaba cobrando ya un aspecto mortuorio.

Maigret abrió la puerta de un armario de luna y encontró tres trajes colgados de sus perchas: dos grises y uno azul marino; zapatos alineados al fondo y, sobre un anaquel, varias camisas encima de las cuales habían puesto un ramito de lavanda seca.

En una estantería había libros: un ejemplar rojo del Código Penal, muy usado, que Honoré debía de haber comprado en los muelles o en casa de un librero de viejo del bulevar Saint-Michel; algunas novelas que databan de principio de siglo, además de una de Zola y de otra de Tolstói; un plano de París, que se había consultado con muchísima frecuencia...

En un rincón, sobre una consola de dos tablas, había revistas, cuyos títulos hicieron que el comisario frunciese el ceño. No encajaban con lo demás. Eran revistas gruesas, lujosas, en papel couché, con fotografías en colores de los más bellos castillos de Francia y de los interiores suntuosos de París.

Hojeó algunas, esperando encontrar en ellas notas o párrafos subrayados a lápiz.

En Lausana, el joven Cuendet había aprendido cerrajería y, viviendo en un tugurio, se había apoderado de todo cuanto caía en sus manos, objetos sin valor incluidos.

Más adelante, en la calle Saint-Antoine, mostraría un poco más de discernimiento, pero seguía robando en pequeñas tiendas y en los pisos del barrio, al azar.

Luego, ascendió un escalafón, centrándose en las casas de la burguesía, donde encontraba joyas y dinero.

Llegó, al fin, pacientemente, a los barrios de lujo. Hacía un momento, la anciana, sin quererlo, había pronunciado una frase importante. Había hablado de los cuatro o cinco periódicos que su hijo leía diariamente.

Maigret habría apostado que no era la crónica de sucesos lo que él buscaba, menos aún las noticias políticas, sino los ecos de sociedad, las fiestas, las bodas, así como las recepciones, los últimos ensayos de algún espectáculo...

¿Acaso no describirían en ellos las joyas de las damas que asistirían?

Las revistas, que Maigret tenía ante sí, le proporcionaban asimismo datos de gran valor: no solamente la descripción minuciosa de los palacetes y de los apartamentos, sino también fotografías de las diferentes habitaciones.

Sentado junto al fuego, el suizo meditaba, sopesaba los pros y los contras, elegía.

Luego, merodeaba por el barrio, alquilaba una habitación en un hotel o, si encontraba una libre, en una casa particular, como en la calle de la Pompe.

Cuando hicieron la última investigación, que se remontaba ya a muchos años, habían encontrado también su rastro en numerosos cafés, en los que, de un día para otro, se había convertido, durante cierto tiempo, en cliente habitual.

—Un hombre muy tranquilo, que se pasaba las horas en un rincón, bebiendo vino blanco, leyendo los periódicos y mirando la calle…

En realidad, observaba el movimiento de una casa, las entradas y salidas de los dueños y de los criados, estudiaba sus costumbres, cómo empleaban su tiempo y, desde la ventana de su habitación, espiaba también el interior de la casa.

De esa forma, al cabo de cierto tiempo, un inmueble entero carecía de secretos para él.

—Muchas gracias, señora Cuendet.

—Justine.

—Disculpe, Justine. Yo le tenía…

Buscó la palabra. «Amistad» era excesivo. «Fascinación» no habría tenido sentido para ella.

—Yo sentía un gran aprecio por su hijo…

La palabra tampoco era exacta, pero ni el fiscal adjunto ni el juez de instrucción estaban allí para oírlo.

—El inspector Fumel vendrá a verla. Si necesita usted cualquiera cosa, sea lo que sea, diríjase a mí.

—No necesitaré nada.

—En el caso de que se enterase en qué barrio vivió Honoré estas últimas semanas…

Se puso su pesado abrigo y bajó con precaución la escalera de desgastados peldaños. El ajetreo y el frío de la calle lo envolvieron. En el aire había ahora un poco de polvo blanco como en suspensión, pero no nevaba ni se veía ningún rastro de nieve en el suelo.

Cuando entró en el despacho de los inspectores, Lucas le anunció:

—Moers lo ha llamado por teléfono.

—¿Ha dicho para qué?

—Me ha pedido que le dijese que lo llamase.

—¿Sigue sin haber noticias de Fernand?

No olvidaba que su principal cometido era descubrir a los ladrones de aquellos atracos, lo que podría durar semanas, si no meses. Centenares, miles de policías y gendarmes llevaban en el bolsillo la fotografía del preso liberado. Los inspectores iban de puerta en puerta, como los vendedores de aspiradores eléctricos.

—Disculpe, señora, ¿ha visto usted recientemente a este hombre?

La brigada de pensiones se encargaba de los hoteles y casas de huéspedes; la de buenas costumbres, «la mundana», interrogaba a las prostitutas. En las estaciones de tren, los viajeros no se daban cuenta de que ojos anónimos los examinaban al pasar.

A Maigret no le habían encargado de la investigación del caso Cuendet. No podía apartar de su servicio ni a un solo hombre de su brigada, pero se las compuso para encontrar un medio de conciliar su deber con su curiosidad.

—Pide arriba una fotografía de Cuendet, la más reciente. Entregarás una copia a todos los que buscan a Fernand, sobre todo a los que frecuentan tabernas y casas de citas.

—¿En todos los distritos?

Maigret dudó, y estuvo a punto de contestar: «Solamente en los distritos elegantes y ricos».

Pero recordó que las mansiones y los inmuebles de lujo también se encuentran en los barrios pobres y antiguos.

Una vez en su despacho llamó a Moers.

—¿Has encontrado algo?

—No sé si le servirá. Al examinar su ropa con lupa, mis hombres han encontrado tres o cuatro pelos que han analizado con el microscopio. Delage, que es especialista en la materia, afirma que son pelos de gato montés.

—¿En qué parte de la ropa se encontraban?

—En la espalda, hacia el hombro izquierdo. También hay rastro de polvos de arroz. Tal vez podamos averiguar la marca, pero será una tarea larga.

—Muchas gracias. ¿Fumel te ha llamado?

—Acaba de pasar por aquí. Le he dado el informe confidencial.

—¿Dónde está ahora?

—En los registros, estudiando el expediente Cuendet.

Maigret se preguntó por qué le picaban los párpados, y enseguida recordó que le habían sacado de la cama a las cuatro de la madrugada.

Tuvo que firmar varios papeles, rellenar algunos formularios, recibir a dos personas que le esperaban y a las que escuchó con oídos distraídos. Una vez solo, llamó a un importante peletero de la calle La Boétie y tuvo que insistir largo rato para que se pusiera en persona al aparato.

—Comisario Maigret, de la policía judicial. Discúlpeme si le importuno, pero necesito que me dé una información. ¿Podría decirme cuántos abrigos de piel de gato montés hay, aproximadamente, en París?

—¿De gato montés?

Parecía que al hombre le había molestado la pregunta.

—Nosotros no vendemos ese tipo de abrigos. Hubo un tiempo, en la época pionera de los primeros automóviles, en que nuestra empresa los confeccionaban para ciertas clientas y, sobre todo, para ciertos clientes.

Maigret recordó esas viejas fotografías de automovilistas que se asemejaban a osos.

—¿Eran de gato montés?

—No siempre, pero sí los más bonitos. Aún se llevan en los países muy fríos, como Canadá, Suecia, Noruega, en el norte de Estados Unidos…

—¿Ya no hay en París?

—Creo que algunas tiendas todavía venden algunos, pero pocos. Es difícil darle una cifra exacta. Apostaría, sin embargo, a que no existen más de quinientos abrigos de esa clase en todo París, y la mayoría de ellos deben de ser bastante viejos. Aunque… —Tuvo una idea—. ¿Solo le interesan los abrigos?

—¿Por qué?

—Porque, a veces, de vez en cuando, empleamos la piel de gato montés para confeccionar otras cosas, por ejemplo, se hacen mantas para los divanes, también para el interior de los coches…

—¿Hay muchas de ese tipo?

—Podría decirle cuántas vendimos nosotros en estos últimos años, aunque deberé mirarlo en los registros. Tres o cuatro docenas, más o menos. Pero hay peleteros que las fabrican en serie, de una calidad más baja, claro está. Un momento. Se me ocurre otra posibilidad. Mientras hablaba con usted, acabo de recordar que, no lejos de aquí, he visto el escaparate de una farmacia con una piel de gato montés que venden como remedio contra el reuma…

—Muchas gracias.

—¿Quiere usted que le haga una lista con…?

—Si no es demasiada molestia…

Era bastante descorazonador. Desde hacía semanas se buscaba a Fernand sin tener la certeza de que estuviera implicado en los recientes atracos. Eso implicaba un trabajo casi tan considerable como, por ejemplo, la elaboración de un diccionario o incluso de una enciclopedia.

Ahora bien, conocían a Fernand, sus gustos, sus costumbres, sus manías. Por ejemplo, había un detalle muy tonto que podría ayudar a encontrarlo: solo bebía curaçao de mandarina.

Sin embargo, ahora, tenían algunos pelos de gato montés, que tal vez podrían ayudarlos a identificar a los asesinos de Cuendet.

Moers había dicho que esos pelos se encontraban en la espalda de la chaqueta, cerca de la manga izquierda. Si procedían de un abrigo, ¿no deberían haberse encontrado en la parte delantera de la chaqueta?

¿Tal vez una mujer había ayudado a trasladarlo, sujetándolo por los hombros?

Maigret prefería la hipótesis de la manta, sobre todo la de un coche. Y, en ese caso, no se trataría de un coche cualquiera, porque apenas se utilizaban mantas en los Renault 4CV.

¿Acaso Cuendet no se dedicaba, desde hacía unos años, exclusivamente a las casas ricas?

Deberían recorrer todos los talleres mecánicos de París y hacer incansablemente la misma pregunta.

Llamaron a la puerta. Era el inspector Fumel, con la cara congestionada y los ojos enrojecidos. Había dormido aún menos que Maigret. Y, al estar de servicio la noche anterior, no había dormido en absoluto.

—¿Le molesto?

—Pasa.

Había unos cuantos a los que el comisario tuteaba; primero, a los más antiguos, con los que había empezado a trabajar y que, al principio, también lo tuteaban a él, pero que, ahora, ya no se atrevían, y lo llamaban «señor comisario» o «jefe». Estaba también Lucas. Janvier, no, y no sabía por qué. Y, por último, los tres jóvenes, como el joven Lapointe.

—Siéntate.

—He leído todo el informe. A fin de cuentas, no sé por dónde empezar. Un equipo de veinte hombres no bastaría. Por los atestados, he visto que usted lo conocía muy bien.

—Bastante bien. Esta mañana he ido a ver a su madre extraoficialmente. Le he comunicado lo ocurrido y le he dicho que tú irías a buscarla enseguida para llevarla al depósito. ¿Sabes algo de la autopsia?

—Nada. Llamé al doctor Lamalle. Su ayudante me ha dicho que enviaría el informe, esta noche o mañana, al juez de instrucción.

El doctor Paul nunca esperaba que Maigret lo llamase. Incluso gruñía en ocasiones:

—¿Qué le digo al juez?

Es cierto que en aquella época la policía era la que llevaba la investigación y que, la mayoría de las veces, el magistrado no se ocupaba del asunto hasta que el culpable había confesado.

Existían entonces tres etapas distintas: la investigación, que llevaba, en París, el Quai des Orfèvres; la instrucción, y, por último, más adelante, tras el examen del expediente por parte de la fiscalía, el juicio en los tribunales.

—¿Moers te ha hablado de los pelos?

—Sí, del gato montés.

—Acabo de llamar a un peletero. Deberías investigar sobre las mantas de piel de gato montés que se han vendido en París. Y preguntando a los dueños de los talleres mecánicos...

—Estoy solo...

—Lo sé, amigo mío.

—He enviado un primer informe. El juez Cajou me ha convocado para esta tarde a las cinco. Voy a pasar un mal rato. Como estuve de servicio la noche pasada, debería disponer hoy del día libre y tengo una cita con alguien. Llamaré, pero sé que no me creerá y que eso traerá innumerables complicaciones...

¡Una mujer, seguro!

—Si encuentro algo, te daré un telefonazo. Sobre todo, no le digas al juez que me estoy ocupando del caso.

—¡Entendido!

Maigret fue a almorzar a su casa. El piso también estaba limpio; el suelo y los muebles se veían igual de encerados que en casa de la vieja Justine.

También hacía calor y había una estufa, a pesar de los radiadores, porque a Maigret le habían gustado siempre las estufas, e incluso había conseguido de la administración que le dejaran una en su despacho.

En el ambiente reinaba un delicioso olor a cocina. Sin embargo, le pareció de pronto que faltaba algo, aunque era incapaz de precisar qué.

En casa de la madre de Honoré la atmósfera era aún más tranquila y acogedora, tal vez en contraste con la animación de la calle. Por la ventana, casi se podían tocarse los tenderetes y se oían los gritos de los vendedores.

El piso de la vieja Cuendet era más bajo de techo, más pequeño, más replegado sobre sí mismo. La anciana pasaba allí de la mañana a la noche, de la noche a la mañana. E, incluso cuando Honoré estaba ausente, uno sabía cuál era su lugar.

Se preguntó un instante si no se compraría un perro y un gato él también.

Qué tontería. Él no era una anciana ni un muchacho campesino, que había ido a vivir, como un solitario, a la calle más ruidosa y populosa de París.

—¿En qué piensas?

Maigret sonrió.

—En un perro.

—¿Tienes intención de comprar un perro?

—No. Además, no sería lo mismo. A ese lo encontraron en la calle, con dos patas rotas...

—¿No haces una siesta?

—¡Ay, no tengo tiempo!

—Diría que tus preocupaciones son agradables y desagradables al mismo tiempo.

Le chocó la exactitud de aquella observación. La muerte de Cuendet lo había vuelto melancólico y triste. Sentía un rencor personal hacia sus asesinos, como si el suizo hubiese sido amigo suyo, un compañero; en todo caso, un conocido de muchos años.

También sentía ese rencor por el hecho de haberlo desfigurado y luego arrojado como un animal muerto en una avenida del Bois de Boulogne, sobre la tierra helada, donde tal vez el cadáver rebotó.

Al mismo tiempo, no podía evitar sonreír al evocar la vida de Cuendet, sus manías, que Maigret se esforzaba en comprender. Y, cosa curiosa, le parecía que lo entendía a pesar de ser tan distintos el uno del otro.

Es cierto que, al comienzo de su carrera, cuando no era más que un vulgar aprendiz, Honoré había actuado de la forma más simple, como todos los muchachos conflictivos nacidos en barrios pobres, robando sin distinción cuanto estaba a su alcance.

No vendía los objetos robados, sino que los amontonaba en su buhardilla, como un perrillo amontona mendrugos y huesos bajo su colchoneta.

¿Por qué, pese a que lo consideraban un soldado modelo, había desertado dos veces? ¡Y de forma torpe y tonta! Y las dos veces lo habían pillado sin intentar siquiera huir o resistirse.

En París, en el distrito de la Bastilla, perfeccionó su técnica y empezó a definir su forma de actuar. No pertenecía a ninguna banda. No tenía amigos. Trabajaba solo.

Cerrajero, calderero, ladrón, hábil con las manos, meticuloso, aprendió a introducirse en los almacenes, en los talleres, en los depósitos.

No iba armado. Nunca poseyó un arma, ni siquiera una navaja pequeña.

Ni una sola vez hizo que se disparase una alarma ni dejó ningún rastro. Era el hombre silencioso por excelencia, tanto en su vida como en su trabajo.

¿Cómo eran sus relaciones con las mujeres? En su vida no se encontraba ninguna. Solo había vivido con su madre, y, si se entregaba a amores pasajeros, debía de hacerlo con discreción, en barrios alejados del suyo, donde nadie lo conocía.

Era capaz de permanecer horas sentado en un café, junto al ventanal, ante un cuartillo de vino blanco. También podía espiar, durante días enteros, desde la ventana de una habitación alquilada, de la misma forma que leía, en la calle Mouffetard, junto al fuego.

Casi no tenía necesidades, Ahora bien, la lista de las joyas robadas, por no hablar de los robos que razonablemente podían atribuírsele, ascendía a una fortuna.

¿Acaso se marchaba de París para llevar otra vida y gastar ese dinero?

—Estoy pensando en un tipo divertido, en un ladrón —le explicó Maigret a su mujer.

—¿En el que han asesinado esta mañana?

—¿Cómo lo sabes?

—Lo dice el periódico del mediodía, que acaban de subirme.

—Deja que lo vea.

—Son solo unas líneas, y lo he leído por casualidad.

UN CADÁVER EN EL BOIS DE BOULOGNE

Anoche, hacia las tres de la madrugada, dos agentes en bicicleta del distrito XVI descubrieron, en una avenida del Bois de Boulogne, el cadáver de un hombre con el cráneo hundido. Se trata de Honoré Cuendet, de origen suizo, de cincuenta años, con antecedentes penales. Según el juez de instrucción Cajou, encargado del caso y que se trasladó al lugar de los hechos junto con el fiscal adjunto Kernavel y del forense, se trata, seguramente, de un ajuste de cuentas.

—¿Qué decías?

Lo del «ajuste de cuentas» enfureció a Maigret, porque eso significaba que, para aquellos señores del Palacio de Justicia, el caso estaba prácticamente cerrado. Como decía un fiscal: «Que se maten entre ellos hasta el último. Menos trabajo para el verdugo y más beneficios para el contribuyente».

—Decía… ¡ah, sí…! Imagínate a un ladrón que eligiera, expresamente, casas o pisos ocupados…

—¿Para robar en ellos?

—Sí. Cada año, en París, o, mejor dicho, en cada estación del año, las casas permanecen vacías durante varias semanas mientras sus inquilinos están en la playa, en la montaña, en sus segundas residencias o en el extranjero…

—Y roban en ellas, ¿no?

—Roban en ellas, sí. Especialistas que nunca entrarían en una casa donde corrieran el peligro de encontrar a gente.

—¿Adónde quieres llegar?

—A mi Cuendet, que solo se interesa por los pisos ocupados. Frecuentemente espera para entrar en ellos a que los dueños vuelvan del teatro o de cualquier otra parte; a que la mujer haya dejado sus joyas en un cuarto vecino o, a veces, sobre un mueble del propio dormitorio…

La señora Maigret replicó con lógica:

—Si operase mientras la dama se encuentra en una fiesta, no encontraría las joyas que, según tú, lleva puestas.

—Probablemente encontraría otras; en cualquier caso, objetos de valor, cuadros, dinero…

—¿Quieres decir que se trata de una especie de vicio?

—Tal vez la palabra sea demasiado fuerte; pero supongo que se trataba de una manía, que experimentaba cierto placer en introducirse en la vida íntima de la gente. En cierta ocasión, se apoderó de un despertador que estaba sobre la mesilla de noche de un tipo que dormía y que no se despertó, porque no oyó nada.

La señora Maigret también sonreía.

—¿Cuántas veces lo arrestaste?

—Solo fue condenado en una ocasión, y aún no había adoptado esta nueva técnica, es decir, robaba como todo el mundo. En mi despacho tengo una lista de robos que, sin género de duda, pueden atribuirse a él. En algunos casos, alquiló una habitación durante varias semanas frente a los locales robados y no proporcionó ninguna explicación plausible.

—¿Por qué lo han asesinado?

—Es lo que me pregunto. Para saberlo, necesito averiguar qué casa intentó robar, anoche probablemente…

Pocas veces le había contado tanto a su mujer sobre una investigación en curso, pero, para él, no se trataba de un caso como los otros, y, además, no era el responsable de aquella investigación.

Cuendet le interesaba como hombre y como especialista en el robo; casi le fascinaba, al igual que la vieja Justine.

«Estoy segura de que no me dejará sin nada…», había dicho la anciana, confiada.

Sin embargo, Maigret estaba convencido de que la mujer ignoraba dónde guardaba su hijo el dinero.

La anciana confiaba en él; tenía una fe ingenua y absoluta: Honoré era incapaz de dejarla sin recursos para sobrevivir.

¿Cómo llegaría ese dinero hasta ella? ¿Qué medidas habría tomado su hijo, él, que nunca en su vida había tenido cómplices?

¿Y podía prever que un día sería asesinado?

Lo más curioso es que Maigret compartía esa confianza de la anciana; él también creía que Cuendet había tenido en cuenta todas las eventualidades.

Bebió su café a sorbitos. Mientras encendía la pipa, echó una ojeada al aparador. Como en la calle Mouffetard, había allí una garrafa con aguardiente, que, en este caso, era aguardiente de ciruela.

La señora Maigret reparó en ello y le sirvió una copita.

4

A las cuatro menos cinco de la tarde, inclinado sobre el círculo de luz de la lámpara, que iluminaba un expediente, Maigret dudaba entre dos pipas cuando sonó el timbre del teléfono. Era la central de emergencias del bulevar del Palais.

—Atraco en la calle La Fayette, entre la calle Taitbout y
Chaussée-d'Antin. Han disparado. Hay muertos.

Había sucedido a las cuatro menos diez y ya se había
dado la alarma general: habían avisado a los coches patru-
llas, y un furgón policial con agentes de uniforme había
abandonado el patio de la policía municipal, mientras que
en su tranquilo despacho del Palacio de Justicia el fiscal general, según órdenes dadas por él, recibía también la noticia.

Maigret abrió la puerta, hizo señas a Janvier, masculló
algunas palabras más o menos inteligibles y ambos hombres
bajaron la escalera, mientras se ponían el abrigo, y se metie-
ron en un coche patrulla.

Debido a la niebla amarillenta que había empezado a
cernirse sobre la ciudad después de comer, estaba tan oscuro
como a las seis de la tarde, y el frío, en lugar de disminuir, se
hizo más intenso.

—Mañana por la mañana habrá que tener cuidado con el hielo —observó el chófer.

Puso la sirena con su luz parpadeante. Taxis y autobuses se apartaban hacia el borde de la acera y los peatones seguían con la vista a la policía. La circulación había quedado interrumpida desde la Ópera. Se produjeron embotellamientos. Los agentes que llegaron como refuerzos silbaban y gesticulaban.

Era la hora crucial en la calle La Fayette, por la parte de las galerías y del Printemps. Una densa multitud, compuesta principalmente por mujeres, se agolpaba en las aceras. Era también el lugar más iluminado de París.

Habían encauzado a la muchedumbre y establecido barreras. Un buen tramo de calle estaba desierto; solo se veían algunas figuras oscuras de oficiales que iban y venían.

El comisario de policía del distrito IX llegó acompañado por varios hombres. Los especialistas tomaban medidas y hacían marcas con tiza. Un coche, con las dos ruedas delanteras subidas a la acera, tenía roto el parabrisas, y a dos metros se veía una mancha negra, alrededor de la cual discutía la gente en voz baja.

Un señor bajito, de cabellos grises, vestido de negro y con una bufanda de lana tenía aún en la mano una copa de ron pues habían ido a buscarle a la cervecería de enfrente. Era el cajero de un gran almacén de artículos para el hogar de la calle de Châteaudun.

Estaba reiniciando su relato por tercera o cuarta vez, evitando volverse hacia la forma humana que, cubierta con una tosca tela, se hallaba tendida a varios metros.

Tras las barreras móviles, como las que utiliza el municipio para las procesiones, la multitud empujaba, y las mujeres, nerviosas, hablaban con voz estridente.

—Como todos los finales de mes…

Maigret había olvidado que estaban a día 31.

—… estaba yendo al banco, situado detrás de la Ópera, a sacar el dinero necesario para pagar al personal…

Maigret, al pasar, había visto el almacén sin sospechar su importancia. Se componía de tres pisos y dos sótanos, y allí trabajaban trescientas personas.

—Apenas tenía que recorrer seiscientos metros. Llevaba el maletín en la mano izquierda.

—¿No estaba sujeto a su muñeca con una cadena?

No era un cajero profesional y no habían previsto ningún dispositivo de alarma. El cajero tenía solamente una pistola automática en el bolsillo derecho de su abrigo.

Había atravesado la calle por entre las rayas amarillas. Luego se dirigió a la calle Taitbout rodeado de una multitud tan densa que era imposible sospechar ningún atentado. De pronto observó que un hombre caminaba muy cerca de él, a su altura; después, al volver la cabeza, vio también a otro tras él.

Lo que sucedió a continuación fue tan rápido que el empleado apenas si se dio cuenta del desarrollo de los acontecimientos. Sobre todo, recordaba algunas palabras murmuradas a su oído: «Si en algo aprecias tu vida, no hagas tonterías».

Al mismo tiempo, le habían arrancado violentamente el maletín. Uno de los hombres corrió hacia un coche que llegaba en sentido contrario, rozando el borde de la acera a marcha lenta. Al oír una detonación, el cajero creyó al principio que habían disparado contra él. Dos mujeres gritaron y se tiraron al suelo. Un segundo disparo fue seguido de un ruido de cristales rotos.

Hubo otros disparos. Algunos decían que tres, otros que cinco...

Un individuo de rostro muy colorado estaba hablando en un aparte con el comisario de policía. Se hallaba bastante aturdido: aún no sabía si lo verían como un héroe o si debería rendir cuentas.

Se trataba del agente Margeret, del distrito I. Al no estar de servicio aquella tarde, no iba de uniforme. Pero ¿por qué llevaba la pistola automática en el bolsillo? Tendría que explicar aquel detalle más tarde.

—Iba en busca de mi mujer, que estaba de compras... He presenciado el atraco... Cuando los hombres han corrido hacia el coche...

—¿Eran tres?

—Uno a cada lado del cajero y otro detrás...

El agente Margeret había disparado. Uno de los atracadores había caído de rodillas; luego se deslizó lentamente sobre la acera, entre las piernas de las mujeres que habían echado a correr.

El coche se dirigía en dirección a Saint-Augustin. El agente de circulación silbó. Dispararon desde el coche, pero este desapareció pronto entre el intenso tráfico.

Durante dos días, Maigret apenas iba a tener tiempo para pensar en su suizo de carácter tranquilo, y el inspector Fumel lo había llamado dos veces por teléfono cuando se hallaba demasiado ocupado para responder.

Habían recopilado los nombres y las direcciones de unos cincuenta testigos, incluso los de la vendedora de barquillos cuyo puesto estaba muy próximo, los de un inválido que tocaba el violín mendigando cerca de allí y los de dos camareros del café de enfrente, así como los de la cajera, que afirmaba haberlo visto todo, a pesar de que los cristales estaban empañados.

Había un segundo muerto: un peatón de treinta y cinco años, padre de familia, fallecido instantáneamente sin darse cuenta de nada.

Por primera vez desde que había comenzado aquella serie de atracos habían atrapado a un miembro de la banda: el que el agente Margeret, que se encontraba milagrosamente en el lugar del suceso, había herido.

—Mi pensamiento ha sido dispararle a las piernas, para evitar que huyera...

La bala había alcanzado al hombre en la nuca, quien permanecía en estado de coma en el hospital Beaujon, donde lo había trasladado una ambulancia.

Lucas, Janvier y Torrence se relevaban ante la puerta de su habitación, a la espera de que pudiera hablar, porque había esperanzas de que se salvase.

Al día siguiente, como lo había previsto el chófer del coche patrulla, las calles de París se hallaban cubiertas de hielo. Estaba oscuro. Los coches avanzaban despacio, y los camiones del ayuntamiento echaban arena en las principales arterias de la ciudad.

El amplio pasillo de la policía judicial estaba lleno de gente que esperaba en silencio, y Maigret hacía a cada uno las mismas preguntas, pacientemente, mientras trazaba signos cabalísticos, sobre un plano, del lugar del suceso, elaborado por los servicios competentes.

La tarde del atraco el comisario se dirigió a Fontenay-aux-Roses, al domicilio del delincuente herido, un tal Joseph Raison, cuyo documento de identidad señalaba que trabajaba como ajustador.

Se trataba de un inmueble nuevo. El piso estaba inundado de luz y arreglado con gusto. Se encontró con una mujer joven y rubia y dos niñas, de nueve y seis años, ocupadas en hacer los deberes.

Joseph Raison, que tenía cuarenta y dos años, era, en efecto, ajustador y trabajaba en una fábrica del muelle de Javel. Poseía un Renault 2CV y todos los domingos llevaba a su familia al campo.

Su mujer pretendía no saber nada de aquello, y Maigret creía que era sincera.

—No veo por qué haría eso, señor comisario. Éramos felices. Hace apenas dos años que compramos este piso. Joseph se ganaba bien la vida. No bebía, no salía casi nunca solo...

El comisario la llevó al hospital Beaujon; una vecina se quedó al cuidado de las niñas. Pudo ver a su marido durante unos minutos; luego, a pesar de su insistencia y por orden de los médicos, la llevaron de nuevo a su casa.

Y ahora Maigret debía enfrentarse de nuevo a los testimonios confusos y contradictorios de los testigos. Algunos habían visto demasiado; otros, poca cosa.

—Si hablo, esa gente sabrán dónde encontrarme...

A pesar de todo, consiguió una descripción, más o menos aceptable, de los dos hombres que se había colocado a ambos lados del cajero, sobre todo, del que le había arrebatado el maletín.

Pero solo al anochecer uno de los camareros del café creyó reconocer, por fin, a Fernand en una de las fotografías que le enseñaron.

—Entró en el establecimiento diez o quince minutos antes del atraco, y me pidió un café con leche. Estuvo sentado a una pequeña mesa, junto a la puerta y pegada a la ventana…

El segundo día después de aquella tragedia, Maigret obtuvo otro testimonio sobre Fernand, que iba vestido, el 31 de enero, con un pesado abrigo marrón.

No era gran cosa, pero aquello indicaba que el comisario no se había equivocado al pensar que el antiguo preso de Saint-Martin-de-Ré era el cabecilla de la banda.

En el hospital Beaujon, el herido recobró el conocimiento unos instantes, pero tan solo pudo murmurar:

—Monique…

Era el nombre de su hija pequeña.

A Maigret le interesó mucho otro descubrimiento: Fernand ya no reclutaba a sus hombres exclusivamente entre la gente del hampa.

El ministerio fiscal lo llamaba cada hora y él enviaba un informe tras otro. No podía salir de su despacho sin verse rodeado por un enjambre de periodistas.

El viernes, a las once, el pasillo quedó, por fin, vacío. Maigret estaba debatiendo con Lucas, que acababa de llegar del hospital Beaujon y le estaba hablando de un conocido cirujano que iba a intentar operar al herido. Llamaron a la puerta. Impaciente, gritó:

—¡Adelante!

Era Fumel, que, al darse cuenta de que había elegido un mal momento, se encogió todo él. Debía de sufrir una con-

gestión nasal, porque tenía la nariz colorada y le lagrimea-
ban los ojos.

—Puedo volver…

—¡Entra!

—Creo que he encontrado una pista… O, mejor dicho,
la ha encontrado la brigada de pensiones… Sé dónde vivió
Cuendet durante las últimas cinco semanas…

Era un alivio, casi un descanso para Maigret, oír hablar
de su suizo de carácter tranquilo.

—¿En qué barrio?

—En su antiguo barrio… Ocupaba una habitación en
un pequeño hotel de la calle Neuve-Saint-Pierre…

—¿Detrás de la iglesia de Saint-Paul?

Una calle estrecha, vieja, entre la calle Saint-Antoine y
los muelles. Era raro que pasase algún coche por allí y solo
había varias tiendas pequeñas.

—Cuenta.

—Parece ser que, sobre todo, es un hotel que alquila habitaciones por horas. Sin embargo… también alquilan algunas por más tiempo. Cuendet vivía allí sin hacerse notar, ya
que apenas salía de su habitación, excepto para ir a comer a
un restaurante que se llama Petit Saint-Paul…

—¿Qué hay enfrente?

—Una mansión del siglo dieciocho, con patio de honor
y altas ventanas, que fue restaurada por completo hace algunos años…

—¿Quién vive en ella?

—Solo una señora, con sus criados, claro está. Una tal
señora Wilton.

—¿La has investigado?

—He empezado, pero en el barrio no se sabe nada de ella, o casi nada.

Desde hacía unos diez años estaba de moda entre la gente muy rica comprar un viejo inmueble del Marais, en la calle de los Francs-Bourgeois, por ejemplo, y reconstruirlo tal como era en sus inicios, más o menos.

Esa moda empezó en la isla de Saint-Louis, y, ahora, se buscaban las antiguas mansiones por todas partes donde aún había, aunque estuviesen en las calles más populosas.

—Hasta tiene un árbol en el patio… No se ven muchos árboles en el barrio…

—¿La dueña es viuda?

—Divorciada. Fui a ver a un periodista, a quien le paso algún soplo de vez en cuando, cuando esa información no perjudica a nadie… Esta vez fue él quien me informó… Aunque divorciada, se ve con bastante frecuencia con su marido e incluso suelen salir juntos…

—¿Cómo se llama él?

—Wilton, Stuart Wilton. Él le ha permitido conservar su apellido, al parecer. Su nombre de soltera, que encontré en la comisaría del distrito, es Florence Lenoir. Su madre era planchadora en la calle de Rennes, y su padre, que murió hace mucho tiempo, policía. Ella trabajó en el teatro. Según el periodista, bailaba en un conjunto de *girls* en el casino de París, y Stuart Wilton, que ya estaba casado, se divorció para casarse con ella…

—¿Cuánto tiempo hace de eso?

Maigret garabateaba sobre un papel secante, mientras se imaginaba a Honoré Cuendet mirando por la ventana del hotel de dudosa reputación en el que se hospedaba.

—Apenas diez años… La mansión pertenecía a Wilton. Posee otra en Auteuil, donde vive actualmente, y el castillo de Besse, cerca de Maisons-Laffitte…

—¿Tiene caballos?

—Según mis informes, no. Es asiduo a las carreras de caballos, pero no tiene cuadra.

—¿Americano?

—Inglés. Vive en Francia desde hace mucho tiempo.

—¿De dónde proviene su fortuna?

—Solo le repito lo que me han contado. Pertenece a una familia de grandes industriales y heredó cierto número de patentes. Eso genera mucho dinero sin necesidad de trabajar. Viaja una buena parte del año; cada temporada alquila una villa en Cap d'Antibes o en Cap Ferrat, y es miembro de algunos clubes. El periodista afirma que es hombre muy conocido, pero solamente en un círculo muy reducido, del que raramente se habla en los periódicos…

Maigret se puso de pie suspirando, descolgó el abrigo y se anudó la bufanda.

—¡Vamos! —dijo. Y a Lucas—: Si preguntan por mí, estaré de vuelta dentro de una hora.

A causa del hielo, las calles estaban desiertas, tan desiertas como en agosto, y ni un solo niño jugaba en la estrecha calle Neuve-Saint-Pierre. La puerta entreabierta del hotel Lambert estaba coronada por una esfera de luz lechosa, y en el despacho, que olía a cerrado, un hombre, con la espalda pegada al radiador, leía el periódico.

Reconoció enseguida al inspector Fumel y mientras se ponía de pie, masculló:

—Por lo que veo, se avecinan problemas.

—Usted no tendrá ningún problema si permanece callado. ¿Está ocupada la habitación de Cuendet?

—Aún no. Pagó un mes por adelantado. Podría haber dispuesto de ella el día treinta y uno de enero; pero, como tiene todavía en ella sus cosas, preferí esperar.

—¿Cuándo desapareció?

—No lo sé. Espere que eche la cuenta. Si no me equivoco, debió de ser el sábado pasado…. el sábado o el viernes… Podría preguntárselo a la señora de la limpieza.

—¿Le dijo que pensaba ausentarse?

—No dijo nada. Por otra parte, nunca decía nada.

—La noche de su desaparición, ¿salió tarde?

—Fue mi mujer quien lo vio. Por la noche, a los clientes que vienen con una mujer no les gusta que los reciba un hombre. Eso los incomoda. Por tanto…

—¿Le habló su esposa del asunto?

—Claro que sí. Además, usted mismo podrá interrogarla dentro de un instante. No tardará en bajar.

El aire estaba estancado, excesivamente caldeado, y reinaba un olor equívoco, como con un fondo de desinfectante que recordaba al metro.

—Según me dijo mi mujer, aquella noche no salió a cenar.

—¿Era algo insólito en él?

—No, ocurría a veces. Se compraba algo para comer. Lo veíamos subir con pequeños paquetes y periódicos. Daba las buenas noches y ya no volvíamos a verlo hasta el día siguiente.

—¿Aquella noche salió de nuevo?

—Tuvo que hacerlo, porque no estaba en su habitación

a la mañana siguiente. Pero mi mujer no lo vio salir. Ella había subido con una pareja, que condujo hasta una habitación del final del pasillo del primer piso. Fue a buscar toallas, y entonces oyó que alguien bajaba la escalera.

—¿Qué hora era?

—Más de medianoche. Intentó ver quién era, pero, tras cerrar el armario de la ropa blanca, para cuando recorrió el pasillo el hombre ya estaba abajo…

—¿Cuándo se enteraron ustedes de que no se hallaba en su habitación?

—A la mañana siguiente. Probablemente a las diez o a las once, cuando la criada llamó a la puerta para hacer la limpieza. La muchacha entró y vio que la cama estaba sin deshacer.

—¿Comunicó a la policía la desaparición de su huésped?

—¿Por qué? Él era libre, ¿no? Había pagado. Siempre procuro que me paguen por adelantado. A veces pasa que la gente se marcha sin decir nada…

—¿Dejando sus cosas?

—¡Para lo que ha dejado…!

—Llévenos hasta su cuarto.

El dueño del hotel avanzó arrastrando las zapatillas por el suelo de madera, salió de la oficina detrás de los policías, giró la llave en la cerradura y se la guardó en el bolsillo. No era muy mayor, pero caminaba con dificultad, y se le oía jadear en las escaleras.

—Está en el tercer piso… —dijo, soltando un suspiro.

En el descansillo del primero había un montón de mantas, y varias puertas que daban al pasillo estaban abiertas. Una criada hacía la limpieza en alguna parte.

—¡Soy yo, Rose! Subo con unos señores…

El olor se hacía más neutro a medida que avanzaban, y, en el tercero, ya no había alfombra en el pasillo. Alguien, en su cuarto, tocaba la armónica.

—Aquí es…

Se veía el número 33 toscamente pintado en la madera de la puerta. La habitación olía a cerrado.

—Dejé todo en su sitio.

—¿Por qué?

—Creía que volvería… Parecía un buen hombre… Me pregunté qué vendría a hacer aquí, sobre todo porque iba bien vestido y no daba la sensación de que fuese escaso de dinero.

—¿Cómo sabe usted que tenía dinero?

—Las dos veces que me pagó vi en su cartera billetes grandes…

—¿Nunca recibió a nadie?

—Que mi mujer y yo sepamos, no. Y uno de los dos estamos siempre en la recepción.

—En este momento, por ejemplo, no.

—Desde luego. En ocasiones nos ausentamos durante algunos minutos; pero estamos con el oído atento, y ya ha visto usted que he avisado a la criada de que subíamos…

—¿Recibía cartas?

—Nunca.

—¿Quién ocupa la habitación de al lado?

No había más que una, porque la 33 estaba al final del pasillo.

—Olga, una prostituta.

El hombre sabía que era inútil mentir, ya que la policía no ignoraba qué ocurría en aquel establecimiento.

—¿Está en su cuarto?

—A esta hora debe de estar durmiendo.

—Puede usted irse.

El dueño se alejó, torpe, arrastrando la pierna. Maigret cerró la puerta y empezó abriendo un armario barato, de pino barnizado, con una cerradura que no funcionaba.

No descubrió gran cosa: un par de zapatos negros bien lustrados, unas zapatillas casi nuevas y un traje gris, colgado de una percha. También había un sombrero de fieltro oscuro, de una marca corriente.

En un cajón, había seis camisas blancas, una azul claro, calzoncillos, pañuelos y calcetines de lana. En el cajón de al lado, dos pijamas y libros: *Impressions de voyage en Italie, La médicine pour tous* (editada en 1899) y una novela de aventuras.

La cama era de metal; la mesa, redonda, estaba cubierta con un tapete de terciopelo verde oscuro; el único sillón se veía medio desfondado. Las cortinas, recogidas en los extremos de la barra, no cerraban, pero los visillos tamizaban la luz.

Maigret, de pie, observaba la casa de enfrente, sobre todo el patio, donde se veía un magnífico coche negro de marca inglesa, una escalinata de varios peldaños y una puerta de cristales de doble hoja.

Habían limpiado la piedra de la fachada, que era ahora de un gris claro muy suave, y, alrededor de las ventanas, se veían delicadas molduras.

En la planta baja brillaba una luz que iluminaba una alfombra de complicados dibujos, un sillón Luis XV y la esquina de un velador.

Las ventanas del primer piso eran muy altas; las del segundo, abuhardilladas.

La mansión, más ancha que alta, no debía de componerse, en definitiva, de tantas habitaciones como uno podría haber creído a primera vista.

Dos ventanas del primer piso estaban abiertas, y un mayordomo, con un chaleco rayado, pasaba el aspirador por un cuarto que tenía aspecto de salón.

—¿Dormiste anoche?

—Sí, jefe. Casi las ocho horas reglamentarias.

—¿Tienes hambre?

—Eso no corre prisa por ahora.

—Dentro de un momento enviaré a alguien para que te releve. Solo tienes que instalarte en el sillón y permanecer delante de la ventana. Si no enciendes la luz, no te verán desde enfrente.

¿No era eso lo que Cuendet había hecho durante casi seis semanas?

—Anota las entradas y las salidas, y, si vienen coches, anota las matrículas.

Un instante después Maigret llamaba a la puerta de al lado con unos ligeros golpecitos. Tuvo que esperar unos minutos antes de oír el crujido de un somier, y, luego, pasos que se acercaban. Entreabrieron la puerta.

—¿Quién es?

—La policía.

—¿Otra vez? —Y, resignada, la mujer añadió—: Pase.

Estaba en camisón; tenía los ojos hinchados. El maquillaje, que no había debido de quitarse antes de meterse en la cama, se le había corrido por toda la cara, deformándole los rasgos.

—¿Puedo volver a acostarme?

—¿Por qué ha dicho usted «otra vez»? ¿Ha venido la policía recientemente?

—Aquí no; en la calle. Desde hace algunas semanas no dejan de molestarnos, y en un mes he dormido por lo menos seis veces en comisaría. ¿Qué he hecho ahora?

—Espero que nada. Y le pediría que hiciera el favor de no mencionar mi visita.

—¿No es usted de la brigada de buenas costumbres?

—No.

—Me parece haber visto su fotografía en alguna parte.

Sin su maquillaje corrido, sin sus cabellos mal teñidos, incluso habría resultado bonita; un poco rellenita, pero apretada de carnes, con unos ojos vivos aún.

—Soy el comisario Maigret.

—¿Qué ocurre?

—Aún no lo sé. ¿Hace mucho que vive usted aquí?

—Desde mi regreso de Cannes, en octubre. Los veranos «trabajo» siempre en Cannes.

—¿Conoce usted a su vecino?

—¿A cuál?

—Al de la treinta y tres.

—El suizo.

—¿Cómo sabe usted que es suizo?

—Por su acento. También trabajé en Suiza hace tres años. Fui animadora en un cabaret de Ginebra, pero no me renovaron el permiso de residencia. Supongo que allá no les gusta la competencia.

—¿Habló con usted? ¿Vino a su habitación?

—Fui yo quien acudió a la suya. Una tarde, al levantarme, me di cuenta de que no me quedaban cigarrillos. Me lo había

encontrado ya alguna vez en el pasillo y siempre me saluda-
ba con amabilidad.

—¿Qué sucedió?

Hizo una mueca expresiva al responder:

—Precisamente nada. Llamé. Tardó un tiempo en abrir-
me. Me pregunté qué estaría haciendo. Sin embargo, estaba
vestido y no había nadie con él, ni siquiera se veía la habitación desordenada. Vi que fumaba en pipa, porque tenía una
en la boca. Le pregunté: «Supongo que no tendrá usted cigarrillos, ¿verdad?».

»Me contestó que no, que lo sentía; luego, tras cierta va-
cilación, se ofreció a ir a comprármelos.

»Yo iba vestida igual que cuando le he abierto a usted la
puerta, solo con el camisón. Había una tableta de chocolate
sobre la mesa, y, al ver que yo lo miraba, me ofreció un trozo.

»Pensé que ahí acabaría todo. Entre vecinos no se necesita más. Me puse a comer el chocolate y eché una ojeada al
libro que estaba leyendo, algo sobre Italia, con grabados antiguos. "¿No se aburre usted solo?", le pregunté.

»Estoy segura de que tenía ganas de…. aunque no me
considero una mujer demasiado impresionante. Me di cuenta de que, en cierto momento, dudó. Luego, de pronto bal-
bució: "Tengo que salir. Me esperan…".

—¿Eso es todo?

—Creo que sí. Las paredes aquí son bastante delgadas,
De una habitación a otra se oyen todos los ruidos. Y, por las
noches, no creo que tuviera muchas oportunidades de dormir. Ya me entiende usted, ¿verdad?

»Sin embargo nunca se quejó. Los lavabos, como habrá
usted observado al subir, están al otro extremo del pasillo,

encima de la escalera. Lo que sí puedo asegurarle es que no se acostaba temprano, porque me lo encontré, por lo menos dos veces, en plena noche, camino del retrete, completamente vestido.

—¿En alguna ocasión ha echado usted un vistazo a la casa de enfrente?

—¿A la casa de la loca?

—¿Por qué la llama usted «la loca»?

—Por nada. Porque creo que tiene aspecto de loca. Como puede comprobar, desde aquí se ve muy bien el interior de la casa. Por las tardes, como no tengo nada que hacer, miro por la ventana. Es raro que corran las cortinas, y por las noches se pueden admirar las arañas de cristal, arañas enormes, con docenas de bombillas…

»Su dormitorio está exactamente enfrente del mío. Es casi la única habitación donde se corren las cortinas al atardecer, pero las descorren por la mañana, y entonces uno diría que la señora no se da cuenta de que se la puede ver paseando completamente desnuda. Tal vez lo hace expresamente… Hay mujeres con ese vicio.

»Tiene dos criadas que se ocupan de ella; pero también suele llamar al mayordomo cuando está de esa guisa…

»Algunos días, el peluquero llega a media tarde; otras veces, al atardecer, cuando ella se viste de gala para salir.

»Debo confesar que, para su edad, no está nada mal…

—¿Qué edad le echa usted?

—Cuarenta y pico. Claro que con las mujeres que se cuidan como ella es difícil saberlo.

—¿Recibe muchas visitas?

—En ocasiones hay dos o tres coches en el patio; rara

vez más. Pero normalmente suele salir… ¡Aparte del gigoló, claro está!

—¿Qué gigoló?

—No creo que sea un verdadero gigoló. Sin embargo, es algo joven para ella, apenas tendrá treinta años. Un chico guapo, alto, moreno, vestido como un maniquí, que conduce un coche estupendo.

—¿Viene a verla con frecuencia?

—¡Oiga! Que no me paso el día en la ventana. Yo también tengo que trabajar. Hay días que empiezo a las cinco de la tarde, y eso no me deja tiempo para fisgonear en la vida de las personas. Pongamos que viene dos veces por semana. Tres tal vez.

»De lo que sí estoy segura es de que, a veces, se queda a dormir. Normalmente me levanto tarde, pero los días que visito a domicilio salgo muy temprano por la mañana. ¡A veces creo que sus colegas policías lo hacen a propósito, eligiendo esas horas! Pues bien, dos o tres veces, el coche del gigoló, como yo le llamo, estaba aún en el patio a las nueve…

»En cuanto al otro…

—¿Hay otro?

—¡El viejo, claro! ¡El serio!

Maigret no pudo evitar una sonrisa al escuchar la interpretación que daba Olga de los hechos.

—¿Qué pasa? ¿He dicho alguna tontería?

—Siga usted.

—Hay un tipo muy elegante, de cabello plateado, que viene a veces en un Rolls-Royce y que tiene el chófer más guapo que he visto en mi vida.

—¿También se queda a dormir en la casa?

—No lo creo. No permanece mucho tiempo allí. Si mis recuerdos no me engañan, nunca lo he visto en la casa a horas avanzadas de la noche, más bien alrededor de las cinco, sin duda, para tomar el té…

Parecía muy satisfecha de demostrar que sabía que ciertas personas, de un universo muy alejado del suyo, tomaban el té a las cinco de la tarde.

—Supongo que no me dirá usted por qué me está haciendo estas preguntas, ¿verdad?

—En efecto.

—¿Y debo callarme?

—Así lo espero de usted.

—Me conviene hacerlo, ¿no es cierto? No se preocupe por eso. He oído hablar de usted a mis compañeras. Lo creía más viejo.

Ella le sonreía, con el cuerpo ligeramente arqueado bajo la manta.

Tras una breve pausa, ella murmuró:

—¿No?

Maigret respondió, sonriendo:

—No.

Entonces la muchacha rompió a reír.

—¡Vaya! Como mi vecino… —Luego, repentinamente seria, preguntó—: ¿Qué ha hecho?

Maigret estuvo a punto de decirle la verdad. Estuvo tentado de hacerlo. Sabía que podía confiar en ella. También sabía que era capaz de comprender más cosas que el juez de instrucción Cajou, por ejemplo. ¿Acaso ciertos detalles que se le escapaban saldrían a la luz si pusiera a la muchacha en antecedentes?

Tal vez más adelante, si lo consideraba necesario.

Se encaminó a la puerta.

—¿Volverá?

—Es probable. ¿Cómo se come en el Petit Saint-Paul?

—Guisa la dueña, y, si le gustan las morcillas, no las encontrará mejores en todo el barrio. Pero los manteles son de papel y la camarera es una zorra.

Era mediodía cuando Maigret entraba en el Petit Saint-Paul y pedía, antes que todo, una ficha para telefonear a su mujer a fin de que no lo esperase a comer.

No se había olvidado de Fernand y de sus compinches, pero aquello era más fuerte que él.

5

En realidad, lo que se ofrecía a escondidas era un descanso y experimentaba por ello cierto remordimiento. Sin embargo, tampoco demasiado, porque, primero, Olga no había exagerado respecto a las morcillas; segundo, porque el beaujolais, aunque un poco espeso todavía, era excelente, y, por último, porque en un rincón, ante una mesa sobre la que se extendía un papel arrugado en lugar de un mantel, pudo reflexionar tranquilamente.

La dueña, baja y gorda, con un moño gris en lo alto de la cabeza, entreabría a veces la puerta de la cocina para echar una ojeada a la sala, y llevaba un delantal del mismo color azul que, en otra época, la madre de Maigret, un azul que era más oscuro en los bordes y más pálido en el centro, porque se había frotado más al lavarlo.

También era cierto que la camarera, alta, morena, de tez descolorida tenía una mirada hosca y una expresión desconfiada. De vez en cuando, sus rasgos se crispaban, como si tuviese algún dolor físico, y el comisario habría jurado que acababa de sufrir un aborto.

Había obreros en traje de faena, algunos norteafricanos,

una vendedora de periódicos vestida con una chaqueta de hombre y tocada con una gorra.

¿Para qué enseñar la fotografía de Cuendet a la camarera o al dueño, con bigotes, que se encargaba del vino? Desde la mesa que Maigret ocupaba, mesa que indudablemente había ocupado el suizo, este podía vigilar, siempre y cuando limpiase el vaho del ventanal cada tres minutos, la calle y la mansión.

Seguramente no se había confiado a nadie. Lo habrían tomado, como en todas partes, por un señor tranquilo, lo que, en cierto sentido, era cierto.

Cuendet, a su manera, era un artesano, y como Maigret también pensaba al mismo tiempo en los tipos de la calle La Fayette —a eso lo llamaba él «reflexionar»— el suizo le parecía algo anticuado, como aquel restaurante, que, por lo demás, no tardaría en dejar sitio a un establecimiento más luminoso, donde los clientes se servirían ellos mismos.

Maigret había conocido a otros solitarios, en particular al famoso Comodore, que llevaba monóculo, clavel en el ojal, que entraba en los grandes palacios, impecable y digno con su cabello blanco y al que nunca pudieron coger con las manos en la masa.

Este no puso jamás los pies en la cárcel y nadie sabía cómo había terminado. ¿Tal vez se había retirado al campo bajo una nueva identidad o se había ido a una isla del Pacífico a terminar sus días bajo el sol? ¿O bien lo había asesinado algún rufián que le tenía echado el ojo a sus ahorros?

Existían bandas organizadas también en aquella época; pero no trabajaban de la misma forma, y, sobre todo, la manera de reclutar a sus miembros era diferente.

Por ejemplo, veinte años antes, en un caso como el de la

calle La Fayette, Maigret habría sabido inmediatamente dónde ir a buscar, en qué barrio y, por decirlo así, en qué taberna frecuentada por la gente del hampa.

Entonces, apenas sabían leer y escribir, y llevaban la profesión dibujada en la cara.

Ahora eran verdaderos especialistas. El atraco de la calle La Fayette, como los anteriores, había sido elaborado minuciosamente, y fue el puro azar que había hecho que uno de los atracadores quedara tendido en la calle: la presencia entre la multitud de un sargento que, contra las ordenanzas, iba armado en su tarde libre y que, perdiendo el control de la situación, arriesgándose así a alcanzar a un inocente entre la muchedumbre, había disparado.

Es cierto que Cuendet también se había modernizado. Maigret recordaba ahora una frase de la muchacha que se alojaba en la habitación de al lado: se había referido a las personas que toman el té a las cinco de la tarde. Para ella, ese era un mundo aparte; para el comisario, también. El suizo se había preocupado de estudiar con cuidado las costumbres diarias de esa gente.

No rompía cristales, ni utilizaba palanca, ni destrozaba nada.

Fuera, los transeúntes caminaban deprisa, con las manos en los bolsillos, la cara desencajada por el frío, cada cual con sus pequeñas preocupaciones, todos con su drama personal, y todos con la necesidad de hacer algo...

—La cuenta, señorita...

La camarera apuntaba los números sobre el mantel de papel rizado, moviendo los labios y mirando, a veces, la pizarra, donde estaban escritos los precios de los platos.

Maigret regresó a pie a su despacho, y en cuanto estuvo sentado en su sitio, ante sus expedientes y sus pipas, se abrió la puerta y entró Lucas. Se dispusieron a hablar los dos al mismo tiempo, pero el comisario lo hizo el primero:

—Hay que enviar a alguien para que releve a Fumel en el hotel Lambert, calle Neuve-Saint-Pierre.

No podía mandar a nadie que perteneciese a su equipo, sino a un hombre como Lourtie, por ejemplo, o como Lesueur, Pero ninguno de los dos estaba libre, y fue Baron quien abandonó un poco después el Quai des Orfèvres con órdenes precisas.

—Y tú, ¿qué querías decirme?

—Hay novedades. Es posible que el inspector Nicolas haya dado con algo interesante.

—¿Está aquí?

—Lo está esperando.

—Dile que entre.

Era un hombre que pasaba inadvertido y, por esa razón, lo habían enviado a Fontenay-aux-Roses para que inspeccionase el lugar. Su misión era hacer que hablaran los vecinos del matrimonio Raison, los tenderos, los obreros del garaje donde el delincuente herido aparcaba su coche, sin que ninguno de ellos se percatase de que los estaban sometiendo a un interrogatorio.

—Aún no sé, jefe, si eso nos conducirá a alguna parte; pero me da la impresión de haber dado con un extremo del hilo. Anoche supe que los Raison tenían amistad con otro matrimonio que habita el mismo edificio. Incluso eran muy amigos. Por la noche veían la televisión juntos. Cuando iban al cine, una de las dos mujeres cuidaba de los hijos de la otra, además de los suyos propios...

»Ese matrimonio se apellida Lussac. Son más jóvenes que los Raison. René Lussac solo cuenta treinta y un años, y su esposa, dos o tres menos. Ella es muy bonita, y tienen un hijo de dos años y medio.

»Según las instrucciones que usted me dio, me centré, pues, en René Lussac, que es agente comercial de una empresa de instrumentos musicales. También él tiene coche: un Florida.

»Anoche, lo seguí cuando salió de su casa después de cenar. Yo disponía de un coche. Ni siquiera se dio cuenta de que iba detrás de él; si no, me habría despistado fácilmente.

»Fue a un café de la Porte de Versailles, el Café des Amis, un sitio tranquilo, frecuentado por comerciantes del barrio, que van allí a jugar su partida de cartas...

»Lo esperaban dos individuos y se pusieron a jugar a las cartas como aquellos que tienen por costumbre ocupar la misma mesa...

»Eso me pareció extraño. Lussac nunca vivió en el barrio de la Porte de Versailles. Me pregunté por qué acudía de tan lejos para jugar su partida de cartas en un establecimiento bastante poco atrayente...

—¿Entraste en el café?

—Sí. Estaba seguro de que él no había reparado en mí en Fontenay-aux-Roses, y no arriesgaba nada dejándome ver. Ni me miró. Los tres jugaban tranquilamente, pero miraban con frecuencia la hora... A las nueve y media exactamente Lussac pidió una ficha en la caja y se encerró en la cabina telefónica, donde permaneció alrededor de diez minutos. Podía verlo a través de los cristales. No llamaba a París, porque, tras haber descolgado una vez, solo dijo unas cuantas palabras y volvió a colgar. Esperó unos instantes dentro de la cabina y, al poco, el timbre sonó. Es decir, que se trataba de una conferencia…

»Cuando regresó a su mesa parecía preocupado. Dijo algo a sus compañeros; luego miró alrededor con desconfianza y después les hizo una seña para que retomaran la partida de cartas.

—¿Cómo eran los otros dos?

—Salí antes que ellos y esperé en mi coche. Pensé que ya no valía la pena seguir a Lussac que regresaría, seguramente, a Fontenay-aux-Roses. Elegí al azar a uno de sus compañeros. Cada cual tenía su coche. El que me pareció de más edad montó el primero en el suyo y lo seguí hasta un garaje de la calle La Boétie. Dejó allí el coche y se dirigió inmediatamente hacia una casa de la calle de Ponthieu, detrás de los Champs-Élysées, donde vive en un estudio amueblado.

»Se trata de un tal Georges Macagne. La brigada de pensiones me lo confirmó. Luego subí a registros y encontré su expediente judicial. Fue condenado dos veces por robo de coches y una vez por daños y perjuicios…

Tal vez fuera esa la grieta por la que podrían introducirse y que esperaban hacía tanto tiempo.

—Preferí no interrogar a los dueños del café.

—Has hecho bien. Pediré al juez de instrucción una orden e irás a la central telefónica para que busquen a quién llamó René Lussac anoche. Sin una orden escrita, no harán nada.

Cuando el inspector abandonó el despacho, Maigret llamó al hospital Beaujon; pero tuvo que esperar mucho tiempo a que el inspector que estaba de guardia ante la puerta de la habitación de Raison se pusiera al aparato.

—¿Cómo está?

—Iba a llamarle a usted dentro de unos minutos. Han ido a buscar a su mujer. Acaba de llegar, y la he oído llorar en la habitación. Espere. La enfermera jefa sale en este momento habitación. No cuelgue.

Maigret seguía oyendo los ruidos apagados de un pasillo de hospital.

—¿Oiga? Efectivamente, es lo que yo creía. Ha muerto.

—¿No ha dicho nada?

—Ni siquiera recobró el conocimiento. Su mujer se ha tendido cuan larga es en el suelo, con la cara apoyada en él y está sollozando.

—¿Te ha visto?

—Seguro que no, teniendo en cuenta en el estado en el que se encuentra.

—¿Ha ido en taxi al hospital?

—No lo sé.

—Baja a la puerta principal y espera. Síguela y no la pierdas de vista, por si acaso se pone en contacto con alguien o llama por teléfono.

—Entendido, jefe.

Tal vez en ese punto se acabase la investigación y encontrasen a Fernand gracias a una llamada telefónica. Era bastante lógico que estuviera escondido en alguna parte, en el campo, no lejos de París, probablemente en una de esas posadas regentadas por antiguas prostitutas o por antiguos delincuentes.

Si lo del teléfono no daba resultado, siempre podrían recorrer esos lugares. Claro que tal vez eso implicaría prolongar mucho el asunto y nada demostraba que Fernand, cerebro de la banda, no cambiase de refugio cada día.

Llamó al juez de instrucción que se ocupaba del caso, lo puso al corriente y le prometió que le enviaría un informe, que se puso a redactar enseguida, pues el magistrado quería hablar del caso con el fiscal aquella misma tarde.

En el informe, Maigret señaló, entre otras cosas, que el coche que habían utilizado para el atraco se había encontrado cerca de la Porte de Italie. Como se esperaba, se trataba de un coche robado, y, desde luego, no se había hallado en él ningún indicio, y, evidentemente, ninguna huella dactilar interesante.

Se encontraba en pleno trabajo cuando el ujier, el viejo Joseph, entró para anunciarle que el director de la policía judicial quería verlo en su despacho. Por un momento creyó que se trataba del caso Cuendet, que su jefe había tenido, Dios sabe cómo, noticias de su actividad… y Maigret se esperaba una buena bronca.

En realidad, se trataba de un nuevo caso: la desaparición, hacía tres días, de la hija de una persona importante. La chica tenía diecisiete años y la familia había descubierto que seguía, a escondidas, cursos de arte dramático, haciendo papeles de extra en películas que no se habían estrenado aún.

—Los padres quieren evitar que este asunto llegue a los periódicos. Existen muchas probabilidades de que ella se haya marchado por su propia voluntad…

Encargó el caso a Lapointe y, mientras los cristales se oscurecían cada vez más, retomó su informe.

A las cinco llamó a la puerta de su colega del servicio de inteligencia, que tenía aspecto de oficial de caballería, Allí, nada de prisas, de idas y venidas, como en la brigada criminal. Las paredes estaban tapizadas de carpetas verdes y la cerradura era tan complicada como una caja fuerte.

—Dígame, Danet, ¿conoce usted por casualidad a un tal Wilton?

—¿Por qué me lo pregunta?

—Se trata de un asunto que está en sus inicios. Me han hablado de él y me gustaría saber un poco más de ese individuo.

—¿Está implicado en algún asunto turbio?

—No lo creo.

—¿Se refiere usted a Stuart Wilton?

—Sí.

Así pues, Danet lo conocía, como conocía a todas las personalidades extranjeras que residían en París o que pasaban en la ciudad largas temporadas. Incluso tal vez tuviera en las carpetas verdes un expediente a nombre de Wilton; pero el jefe del servicio de inteligencia no hizo movimiento alguno para coger ese hipotético expediente.

—Es un hombre muy importante.

—Lo sé; muy rico también, según me han asegurado.

—Muy rico, sí, y gran amigo de Francia, donde ha elegido vivir la mayor parte del año.

—¿Por qué?

—Primero, porque le gusta la vida de aquí…

—¿Y luego?

—Tal vez porque se siente más libre en nuestro país que al otro lado del canal de la Mancha. Lo que me intriga es que venga usted a preguntarme por él, puesto que no veo ninguna relación entre Stuart Wilton y su departamento.

—No hay ninguna aún.

—¿Se interesa usted por él debido a alguna mujer?

—Tampoco puede decirse que me interese demasiado por él. Es cierto que hay una mujer…

—¿Quién?

—Estuvo casado varias veces, ¿no es así?

—Tres veces. Es probable que vuelva a casarse muy pronto, aunque tiene casi setenta años.

—¿Le gustan mucho las mujeres?

—Mucho.

Danet respondía de mala gana, como si Maigret se estuviese adentrado en un territorio que le era ajeno, que solo le correspondía a él.

—Supongo que habrá más mujeres, además las que se casan con él.

—Desde luego.

—¿Qué relación mantiene con su última esposa?

—¿Se refiere usted a la francesa?

—Florence, sí, la que, según me han contado, bailaba en un conjunto de *girls*.

—Mantiene una excelente relación con ella, como con sus dos esposas anteriores, claro está. La primera era hija de un rico cervecero inglés, de la que tuvo un hijo. Ella volvió a casarse y vive ahora en las Bahamas.

»La segunda era una joven actriz. No tuvieron hijos. Vivieron juntos dos o tres años, y le dejó una villa, en la Costa Azul, donde posiblemente sigue viviendo.

—Y a Florence le dejó una mansión —gruñó Maigret.

Danet, inquieto, frunció las cejas.

—¿Es ella la que le interesa?

—Aún no lo sé.

—Y, sin embargo, no da que hablar. Aunque es cierto que nunca he sabido demasiado sobre la vida privada de Wilton. Lo poco que sé es lo que se comenta en cierto entorno social parisiense.

»Florence, en efecto, vive en una de las mansiones que pertenecieron a su exmarido…

—Calle Neuve-Saint-Pierre…

—Eso es. Por otra parte, no estoy seguro de que esa mansión sea de su propiedad. Como ya le he dicho, Wilton, tras divorciarse, mantiene buenas relaciones con sus esposas. Les deja sus joyas y sus pieles; pero dudo que les deje también sus mansiones, como esa de la que usted me habla.

—¿Y el hijo?

—También pasa parte de su tiempo en París; pero menos que su padre. Practica a menudo el esquí en Suiza y en Austria, participa en carreras automovilistas, en regatas, en la Costa Azul, en Inglaterra y en Italia; juega al polo…

—Es decir, sin profesión.

—Exacto.

—¿Casado?

—Lo estuvo durante un año con una modelo, y luego se divorciaron. Escuche, Maigret, no quiero jugar con usted al más listo. No sé dónde quiere usted llegar en este asunto ni lo que tiene en la cabeza. Solamente le pido que no haga nada sin comunicármelo antes. Cuando digo que Stuart Wilton es un gran amigo de Francia, es cierto, y algún motivo habrá si lo han nombrado comendador de la Legión de Honor.

»Posee en nuestro país grandes intereses, por lo que hay que tratarlo con consideración y cierta cautela debido a su posición.

»Su vida privada no nos incumbe, a menos que no respete las leyes, lo que me sorprendería.

»Es hombre aficionado a las mujeres. No me sorprendería, para serle completamente sincero, que tuviese alguna manía oculta. ¿Cuál? Tampoco me interesa saberlo.

»Respecto a su hijo y al divorcio de este, puedo contarle un rumor que circuló por aquella época, porque, de todas formas, acabará usted enterándose.

»Lida, la modelo con la que el joven Wilton se casó, era una muchacha excepcionalmente bella, de origen húngaro, si no me equivoco… Stuart Wilton se oponía a esa boda. El hijo no le hizo caso y, un buen día, se enteró de que su esposa era la amante de su padre.

»No estalló ningún escándalo. En ese entorno social, los escándalos son raros, y lo arreglan todo entre ellos.

»Entonces el hijo pidió el divorcio.

—¿Y Lida?

—Lo que acabo de contarle pasó hace unos tres años. Después, su fotografía ha aparecido a menudo en los periódicos, porque tuvo varios amantes, todos ellos personalidades internacionales y, si no me equivoco, ahora vive en Roma con un príncipe italiano. ¿Esta es la información que necesitaba?

—No lo sé.

Era cierto. Maigret estaba tentado de poner las cartas sobre la mesa, de contarle todo a su colega. Pero los dos hombres veían las cosas desde un punto de vista completamente diferente.

Volviendo a esa frase que había oído por la mañana, el comisario Danet debía de tomar, a veces, el té a las cinco de la tarde, mientras que Maigret, al mediodía, almorzaba en una taberna con manteles de papel, donde también comían obreros y norteafricanos.

—Vendré para hablarle de este asunto cuando lo tenga más claro. A propósito, ¿Stuart Wilton está en París en estos momentos?

—Si no se encuentra en la Costa Azul. Puedo confirmárselo. Es mejor que sea yo quien me informe al respecto.

—¿Y el hijo?

—Vive en la avenida George-V, en la parte residencial, donde tiene alquilado un apartamento por un año.

—Muchas gracias, Danet.

—Sea prudente, Maigret.

—Se lo prometo.

El comisario no pensaba llamar a la puerta de Stuart Wilton y hacerle preguntas. Por otra parte, en la avenida George-V, le contestarían de forma cortés, pero vaga.

El juez Cajou sabía lo que hacía al remitir su comunicado a la prensa: el caso del Bois de Boulogne era un ajuste de cuentas. Lo que significaba que no se trataba de un asunto sensacionalista, ni que había que investigar demasiado.

Algunos crímenes provocan una fuerte emoción entre la opinión pública. Eso se debe, a veces, a pocos detalles, como la personalidad de la víctima, o cómo la mataron y, también, el lugar en que ocurrió el suceso.

Por ejemplo, si Cuendet hubiese sido asesinado en un

cabaret de los Champs-Élysées, habría tenido derecho a un gran titular en primera plana de los periódicos.

Pero se trataba de un muerto casi anónimo, sin nada que pudiera despertar el interés de la gente que lee el periódico en el metro.

Un reincidente de la justicia que nunca había cometido un delito espectacular y cuyo cuerpo también podría haberse encontrado en cualquier parte del Sena.

Ahora bien, era él precisamente quien interesaba a Maigret, más que Fernand y su banda, pese a que no podía ocuparse oficialmente del caso.

En el caso de los delincuentes de la calle La Fayette, se ponía en estado de alerta a toda la policía. En el de Cuendet, el pobre Fumel, sin tan siquiera con un coche a su disposición, sin saber si le reembolsarían los gastos de taxi si tenía la desgracia de coger uno, era el único encargado de la investigación.

Este había tenido que ir a la calle Mouffetard, registrar el piso de Justine y hacerle preguntas a las que ella respondió a su modo.

Desde su despacho, Maigret llamó al Instituto Forense. En lugar de dirigirse al doctor Lamalle o a uno de sus ayudantes, prefirió hablar con un muchacho del laboratorio al que conocía desde hacía mucho tiempo y a quien había tenido ocasión de hacerle un favor.

—Dígame, François, ¿asistió usted a la autopsia de Honoré Cuendet, el tipo del Bois de Boulogne?

—Sí, estuve presente. ¿No ha recibido usted el informe?

—No llevo esa investigación. Sin embargo, me gustaría saber…

—Entiendo. El doctor Lamalle cree que el individuo recibió una decena de golpes. Primero, lo golpearon por detrás, con tanta fuerza que le hundieron el cráneo. La muerte fue instantánea. ¿Sabe usted que el doctor Lamalle es muy competente? No es por ahora, claro está, como nuestro querido doctor Paul; pero, aquí, todo el mundo empieza a apreciarlo.

—¿Y los otros golpes?

—En pleno rostro mientras el hombre estaba tendido en el suelo.

—¿Con qué clase de instrumento creen que lo golpearon?

—Estos señores discutieron un buen rato y hasta hicieron algunos experimentos. Al parecer, no fue con un cuchillo ni con una llave inglesa ni con ningún utensilio de ese tipo, como es habitual. Tampoco con una palanca ni con una cachiporra. El objeto empleado presentaba, según he oído decir, algunas asperezas. Y además era pesado y macizo.

—¿Una estatua?

—Es justo lo que han puesto en el informe.

—¿Pudieron determinar aproximadamente la hora de la muerte?

—Según ellos, fue alrededor de las dos de la madrugada. Entre la una y media y las tres; pero más bien hacia las dos.

—¿Sangró mucho?

—No solamente sangró, sino que se le salió la masa encefálica. Aún tenía parte pegada al cabello.

—¿Analizaron el contenido del estómago?

—¿Sabe usted lo que contenía? Chocolate sin digerir. También había alcohol, aunque no mucho, que apenas había empezado a penetrar en la sangre.

—Muchas gracias, François. Si no le preguntan, no diga que le he llamado.

—Será mejor para mí también que no lo sepan.

Fumel llamó un poco después al comisario.

—Fui a casa de la vieja, jefe, y me acompañó al Instituto Forense. Es él, efectivamente.

—¿Cómo fue?

—Estuvo más tranquila de lo que yo esperaba. Cuando le propuse llevarla de nuevo a su casa, se negó, y se dirigió sola a la estación de metro.

—¿Registraste el piso?

—No encontré más que libros y revistas.

—¿Ninguna fotografía?

—Una fotografía de muy mala calidad del padre, vestido de soldado suizo, y un retrato de Honoré cuando era bebé.

—¿Ninguna nota? ¿Hojeaste sus libros?

—Nada. Ese hombre no escribía ni recibía cartas. Y, con mayor razón, su madre.

—Hay una pista que podrías seguir, siempre y cuando seas muy prudente. Un tal Stuart Wilton vive en la calle Longchamp, donde posee una mansión, aunque no sé a qué altura de la calle. Tiene un Rolls-Royce y un chófer. Debe de dejar, en ocasiones, el coche aparcado junto a la acera o en un garaje. Intenta ver si, en su interior, hay una manta de piel de gato montés.

»El hijo de Wilton vive en la avenida George-V y también tiene coche.

—Entendido, jefe.

—Eso no es todo. Sería interesante tener una foto de esos dos hombres.

—Conozco a un fotógrafo que trabaja en los Champs-Élysées.

—¡Buena suerte!

Maigret pasó media hora firmando documentos y cuando abandonó la policía judicial se encaminó hacia el barrio Saint-Paul, en vez de tomar su autobús habitual.

Seguía haciendo mucho frío y ya había oscurecido del todo. Las luces de la ciudad tenían un brillo diferente al acostumbrado; las siluetas de los transeúntes eran más negras, como si se hubiesen borrado las tonalidades medias.

Cuando estaba torciendo por la esquina de la calle Saint-Paul, una voz, que surgió de la oscuridad, lo llamó:

—¿Otra vez por aquí, comisario?

Era Olga, vestida con un abrigo de piel de conejo, que se hallaba en el umbral de la puerta. Maigret pensó que podría pedirle a la muchacha una información que pensaba conseguir en otra parte, puesto que ella era la más indicada para responderle.

—Dígame, cuando quiere tomar una copa o necesita calentarse después de medianoche, ¿adónde va usted que esté abierto en el barrio a esas horas?

—A Chez Léon.

—¿Es un bar?

—Sí. En la calle Saint-Antoine, delante de la boca del metro.

—¿Encontró usted allí alguna vez a su vecino?

—¿Al suizo? Por la noche no. Una vez o dos, pero por la tarde.

—¿Bebía?

—Vino blanco.

—Muchas gracias.

Fue ella quien le lanzó, antes de seguir pateando la calle;

—¡Buena suerte!

Maigret tenía en el bolsillo una fotografía de Cuendet; entró en el bar lleno de humo, pidió una copa de coñac, y lo lamentó enseguida al ver en la botella seis o siete estrellas.

—¿Conoce usted a este hombre?

El dueño se limpió las manos en el delantal antes de coger la fotografía, que examinó con aire reflexivo.

—¿Qué ha hecho? —preguntó, entonces, prudente.

—Ha muerto.

—¿Cómo? ¿Se ha suicidado?

—¿Qué le hace pensar eso?

—No lo sé… Lo he visto pocas veces… Tres o cuatro… No hablaba con nadie… La última noche…

—¿Qué día fue?

—No podría decírselo con exactitud… El jueves o el viernes pasado… Tal vez el sábado… Las veces anteriores se acercaba al mostrador para tomar una copa, por la tarde, como si estuviese desesperado por beber…

—¿Una sola copa?

—Pongamos dos… Más no… No era lo que se llama un bebedor… A esos los reconozco enseguida…

—¿Qué hora era la última noche?

—Pasada medianoche… Espere… Mi mujer había subido ya… Debían de ser las doce y media; es decir, entre las doce y media y la una.

—¿Qué hizo él para que usted recuerde tan bien esa noche?

—Primero, porque de noche suele haber únicamente clientes habituales, a veces algún taxista pendiente de una carrera… o polis que vienen para tomarse una copa a escondidas… Recuerdo que había una pareja, en el velador del rincón, hablando en voz baja… Aparte de eso, la sala estaba vacía… Yo estaba ocupado con el colador… No lo vi llegar… Y, cuando me volví, estaba acodado en el mostrador… Me quedé atónito…

—¿Y por eso lo recuerda usted?

—Y también porque me preguntó si tenía *kirsch* auténtico, no adulterado… No suelen pedirme esa bebida… Cogí una botella del segundo estante, aquella, mire, con palabras escritas en alemán en la etiqueta, y eso pareció agradarle. Me dijo: «¡Ese es del bueno!».

»Se tomó tiempo en calentar la copa en el hueco de la mano y bebió lentamente, mientras miraba la hora en el reloj de pared. Comprendí que vacilaba en pedir una segunda copa y, cuando le alargué la botella, no pudo resistirse.

»No bebía por beber, sino porque le gustaba el *kirsch*.

—¿No habló con nadie?

—No, salvo conmigo.

—¿Los clientes del rincón no le prestaron atención?

—Eran una pareja de enamorados. Los conozco. Vienen dos veces a la semana y hablan en voz baja durante horas, mirándose a los ojos.

—¿Y salieron poco después que él?

—Seguro que no.

—¿No vio usted a nadie espiando desde la acera?

El hombre se encogió de hombros, como si le hubiesen insultado.

—Llevo quince años aquí… —dijo, suspirando.

Es decir, que nada anormal podía suceder allí sin que él se enterase.

Poco después, Maigret entraba en el hotel Lambert y, esta vez, era la dueña quien estaba en la recepción. Era más joven, más atractiva de lo que el comisario hubiese pensado después de ver a su marido.

—Viene usted por lo de la treinta y tres, ¿verdad? El señor está arriba.

—Muchas gracias.

Tuvo que arrimarse contra la pared, en la escalera, para dejar paso a una pareja. La mujer iba muy perfumada y el hombre volvió la cabeza, molesto.

La habitación se hallaba en la oscuridad y Baron estaba sentado en el sillón, que había acercado a la ventana. Debía de haberse fumado un paquete entero de cigarrillos, porque el aire era sofocante.

—¿Nada nuevo?

—Ella ha salido hace una media hora. Antes, ha llegado una mujer a verla, con una gran caja. Supongo que una costurera o una modista. Han pasado las dos al dormitorio y solamente he podido ver siluetas que se movían de un lado a otro; luego se han quedado inmóviles, con una de ellas arrodillada, como si le estuviese ajustando una prenda.

En la planta baja solo había luz en el vestíbulo de la entrada. La escalera estaba iluminada hasta el segundo piso y, a la izquierda, dos lámparas permanecían encendidas en el salón, pero no la gran araña.

A la derecha, una doncella vestida de blanco y negro y con una cofia de encaje en la cabeza, ordenaba el tocador.

—La cocina y el comedor deben de dar a la parte de

atrás. Viendo cómo viven, uno se pregunta qué hace esa gente durante todo el día. He contado por lo menos tres criados que van y vienen por la casa sin que pueda saberse a qué se dedican. Aparte de la costurera o de la modista, no ha habido otras visitas. Esa mujer ha llegado en taxi y se ha marchado a pie, sin la caja. Un repartidor muy joven ha llegado en un triciclo, con varios paquetes. Los ha recogido el mayordomo en la misma entrada de la casa. ¿Me quedo entonces?

—¿Tienes hambre?

—Algo, pero puedo esperar.

—Vete.

—¿No espero al relevo?

Maigret se encogió de hombros. ¿Para qué?

Cerró la puerta con llave y se la metió en el bolsillo. Una vez abajo, le dijo a la dueña:

—No alquile la habitación treinta y tres hasta que yo se lo diga. Nadie debe entrar ahí, ¿entiende?

Ya en la calle, vio a Olga del brazo de un hombre y se alegró por ella.

6

Al sentarse a la mesa no sospechaba que, poco después, una llamada telefónica lo arrancaría de esa tranquilidad algo empalagosa de su piso, ni que decenas de personas que, en aquel momento, hacían planes para aquella noche, la pasarían de forma bien distinta a lo que habían previsto, ni, por último, que todas las ventanas del Quai des Orfèvres permanecerían encendidas hasta la mañana como en las noches de gran ajetreo.

Sin embargo, era una cena muy agradable, llena de intimidad, de comprensión sutil entre su mujer y él. Maigret le había hablado de las morcillas que había comido al mediodía en la taberna del barrio de Saint-Antoine. Ellos habían ido con frecuencia a esa clase de restaurantes, en otra época muy numerosos. Eran típicos de París, y los había en casi todas las calles; se los conocía como los restaurantes de los chóferes.

En realidad, si se comía tan bien en ellos era porque los dueños habían emigrado a París —bretones, normandos, borgoñeses— y conservaban no solamente las tradiciones de sus regiones natales, sino que los jamones y la charcutería, y, a veces, incluso el pan provenían directamente de allí…

Maigret pensaba en Cuendet y en su madre, quienes llevaron a la calle Mouffetard el acento de la región suiza de Vaud, cierta tranquilidad y cierto inmovilismo, en el que había un deje de pereza.

—¿No tienes noticias de la anciana?

La señora Maigret observó la expresión de su marido y supo lo que este pensaba.

—Te olvidas que, oficialmente, solo se me ha encargado investigar los atracos. Eso es más grave, porque amenaza a los bancos, a las compañías de seguros y a los grandes negocios. Los delincuentes se han modernizado más deprisa que nosotros.

Durante apenas unos instantes, Maigret se sintió decaído, o, más exactamente, experimentó cierta nostalgia. Su mujer lo sabía, como también sabía que ese sentimiento le duraba poco.

Además, en aquellos momentos, a Maigret le asustaba menos la jubilación prevista para dentro de dos años. El mundo cambiaba, París cambiaba, todo cambiaba: hombres y métodos. Sin esa jubilación, que a veces le resultaba tan espantosa, ¿no se sentiría desplazado en un universo que ya no comprendía?

No por eso dejaba de comer con buen apetito, lentamente.

—¡Es un tipo curioso! Nada dejaba entrever lo que le ha sucedido, y, sin embargo, su madre se contentó con murmurar, cuando le dije que estaba preocupado por su futuro: «Estoy segura de que no me dejará sin nada…».

Si eso era cierto, ¿cómo se las había compuesto Cuendet? ¿Qué plan había elaborado en su gran cabeza de rostro colorado?

Y entonces, justo cuando Maigret iba a tomarse el postre sonó el teléfono.

—¿Quieres que conteste yo? —le preguntó su mujer.

Maigret estaba ya en pie, con la servilleta en la mano. Le llamaban del Quai des Orfèvres. Era Janvier.

—Una noticia que podría ser importante, jefe. Acaba de llamarme el inspector Nicolas. Han conseguido localizar la llamada telefónica hecha por René Lussac desde el café de la Porte de Versailles…

»Se trata de un número de los alrededores de Corbeil, una villa a orillas del Sena, que pertenece a alguien que usted conoce: a Rosalie Bourdon.

—¿La Bella Rosalie?

—Sí. He llamado a la brigada móvil de Corbeil. La mujer está en su casa.

Otra que había pasado a menudo largas horas en el despacho de Maigret. Tendría ahora cerca de cincuenta años; pero era todavía una mujer apetitosa, opulenta, llamativa y con un lenguaje verde y picante.

Trabaja en la calle desde muy joven, en los alrededores de la plaza des Ternes, y, a los veinticinco años, dirigía una casa de citas frecuentada por los hombres más distinguidos de París.

Luego, había tenido en la calle Notre Dame-de-Lorette un cabaret nocturno de un género especial, llamado La Cravache.

Su último amante, el hombre de su vida, era un tal

Pierre Sabatini, de la banda de los corsos, condenado a veinte años de trabajos forzados por haber matado a dos miembros de una banda rival, la de los marselleses, en un bar de la calle de Douai.

Sabatini permanecía encarcelado en Saint-Martin-de-Ré, y le quedaban aún varios años de prisión. La actitud de Rosalie durante el proceso había sido conmovedora y, una vez pronunciada la sentencia, ella removió cielo y tierra para que le permitieran casarse con su amante.

Toda la prensa de la época habló de aquello. Ella aseguró estar embarazada. Algunos afirmaron que se había quedado encinta del primero que encontró con la esperanza de llevar a cabo ese matrimonio.

Cuando el ministerio se negó, ya no se habló más de maternidad, y Rosalie desapareció de la circulación, se retiró a su villa de los alrededores de Corbeil, desde donde enviaba regularmente cartas y paquetes al detenido. Todos los meses viajaba a la isla de Ré y, allí, la tenían muy vigilada, pues temían que estuviese preparando la huida de prisión de su amante.

Ahora bien, en Saint-Martin, Sabatini compartió la celda de Fernand.

Janvier continuó:

—Pedí a Corbeil que vigilasen la villa. En estos momentos, la rodean varios hombres.

—¿Y Nicolas?

—Me pidió que le dijera que se dirige a la Porte de Versailles. Después de lo que observó ayer, cree que Lussac y sus dos amigos se reúnen allí todas las noches. Prefiere llegar al café antes que ellos, para no atraer su atención.

—¿Lucas está todavía en el despacho?

—Acaba de entrar.

—Dile que esta noche tenga disponibles a algunos hombres. Te llamaré dentro de unos minutos.

Contactó por teléfono con el ministerio fiscal, pero solo consiguió hablar con un sustituto de guardia.

—Quisiera hablar con el fiscal Dupont D'Hastier.

—No está en estos momentos.

—Lo sé. Sin embargo, necesito hablar con él urgentemente. Se trata de los últimos atracos y, seguramente, de Fernand.

—Intentaré dar con él. ¿Está usted en el Quai des Orfèvres?

—No, estoy en mi casa.

Le dio su número y, desde aquel momento, los acontecimientos se encadenaron con rapidez. Apenas había terminado el postre cuando sonó de nuevo el teléfono. Era el fiscal.

—Me han dicho que ha detenido usted a Fernand.

—Aún no, señor fiscal; pero tal vez exista la posibilidad de detenerlo esta noche.

Le explicó brevemente la situación.

—Reúnase conmigo en mi despacho dentro de un cuarto de hora. Estoy cenando con unos amigos, pero los dejaré inmediatamente. ¿Se ha puesto en contacto con Corbeil?

La señora Maigret le preparó un café bien cargado y sacó del armario la botella de frambuesa.

—Procura no coger frío. ¿Crees que irás a Corbeil?

—Me extrañaría mucho que me diesen la oportunidad de ir.

No se equivocaba. En el Palacio de Justicia, en uno de los enormes despachos del ministerio fiscal, encontró, no solamente al fiscal Dupont D'Hastier vestido de esmoquin, sino también al juez de instrucción Legaille, encargado del expediente de los atracos, así como a uno de los antiguos compañeros del otro departamento, es decir, el de la calle de las Saussaies: al comisario Buffet.

Este era más alto, más corpulento, más grueso que Maigret, de tez sonrosada, los ojos de expresión adormilada, lo que no le impedía ser uno de los policías más temibles.

—Siéntese, Maigret, y díganos en qué punto de la investigación se halla exactamente.

Antes de abandonar el bulevar Richard-Lenoir, Maigret había hablado de nuevo por teléfono con Janvier.

—Espero noticias, aquí, de un momento a otro. Puedo informarles ya que, desde hace algunos días, hay un hombre en la villa de Rosalie Bourdon, en Corbeil.

—¿Lo han visto nuestros policías? —preguntó Buffet, que tenía una vocecita que no cuadraba con aquel corpachón, una voz casi de niña.

—Aún no. Los vecinos les han hablado de él, y las descripciones coinciden con las de Fernand.

—¿Han rodeado la villa?

—Desde bastante lejos, para no dar la alarma.

—¿Existen varias salidas?

—Desde luego, pero la situación se desarrolla también en otros frentes: como he dicho hace un momento por teléfono al fiscal, Lussac es amigo de Joseph Raison, el delincuente que resultó muerto en la calle La Fayette y que vivía en el mismo inmueble que él, en Fontenay-aux-Roses. Ahora bien, Lussac frecuenta, junto con dos compañeros por lo menos, un café de la Porte de Versailles, el Café des Amis…

»Anoche estuvieron jugando allí a las cartas y, a las nueve y media, Lussac hizo una llamada telefónica a Corbeil… Al parecer, es así como los tres hombres permanecen en contacto con su jefe. De un momento a otro me llamarán por teléfono…

»Ahora bien, si esta noche se reuniesen en el mismo sitio, lo cual no tardaremos en saber, tendremos que tomar una decisión.

En otros tiempos la habría tomado él solo, y esa especie de consejo de guerra en un despacho del ministerio fiscal no habría tenido lugar. Por otra parte, habría sido inconcebible, a menos que se tratase de un caso político.

—Según un testigo, Fernand se encontraba en el momento del atraco en una cervecería situada justo enfrente del lugar donde el cajero fue asaltado y donde sus atacantes, menos uno, huyeron en coche

»Esos hombres se llevaron un maletín que contenía millones. Es improbable que después, teniendo en cuenta el incidente que se provocó, Fernand haya podido reunirse con ellos…

»Si es él quien se esconde en casa de la Bella Rosalie, se instaló allí la misma tarde del atraco, y todos los días da instrucciones por teléfono al Café des Amis…

Buffet escuchaba como si estuviera adormilado. Maigret sabía que su colega de la Dirección General de Seguridad tenía la misma visión de las cosas que él y que consideraba las mismas posibilidades, los mismos peligros. Los detalles que el comisario daba con tanta minuciosidad estaban destinados solamente a aquellos señores del ministerio fiscal.

—Tarde o temprano, uno de los cómplices le llevará a Fernand todo o al menos una parte del botín. En ese caso dispondremos, evidentemente, de una prueba decisiva. La espera puede durar días. De aquí a entonces es posible que Fernand busque otro escondite e, incluso a pesar de que la villa esté cercada por la policía, que sea capaz de esfumarse.

»Por otra parte, si la reunión se celebra esta noche, como ayer, en el Café des Amis, tenemos la posibilidad de detener a los tres hombres al mismo tiempo que detenemos también a Fernand en Corbeil.

Sonó el teléfono. El escribano tendió el aparato a Maigret.

—Es para usted.

Era Janvier, que en cierto modo hacía de enlace.

—Están allí, jefe. ¿Qué han decidido ustedes?

—Te lo diré dentro de unos minutos. Envía a uno de nuestros hombres, con una asistente social, a Fontenay-aux-Roses. Una vez que haya llegado, que te llame por teléfono.

—Entendido.

Maigret colgó.

—¿Qué han decidido ustedes, señores?

—No correr riesgos —respondió el fiscal—. Terminaremos por encontrar pruebas, ¿no es verdad?

—Buscarán los mejores abogados, se negarán a hablar e indudablemente tendrán excelentes coartadas.

—Por el contrario, si no los detenemos esta noche, nos arriesgamos a no detenerlos nunca.

—Yo me encargo de Corbeil —anunció Buffet.

Maigret no podía protestar. Aquel no era su sector; era competencia de la Dirección General de Seguridad.

El juez de instrucción preguntó:

—¿Cree usted que dispararán?

—Es muy probable que lo hagan si tienen ocasión; pero trataremos de no darles esa oportunidad.

Unos minutos después, Maigret y el grueso comisario de la calle de Saussaies pasaban de un mundo a otro al franquear la simple puerta que separa el Palacio de Justicia de la policía judicial.

Allí se notaba ya la animación de los grandes días.

—Sería preferible, antes de atacar la villa, esperar a saber si a las nueve y media se produce una nueva llamada telefónica…

—De acuerdo, Sin embargo, prefiero estar allí antes, para prepararlo todo. Le llamaré para saber cómo va el asunto.

En el patio, oscuro y frío, había ya un coche patrulla, cuyo motor se calentaba, y un coche lleno de policías. El comisario de policía del distrito XVI debía encontrarse en alguna parte de los alrededores del Café des Amis con todos sus hombres disponibles.

En el café, algunos comerciantes discutían tranquilamente de sus negocios, jugaban a las cartas sin sospechar nada, y nadie prestaba atención al inspector Nicolas, sumido en la lectura de un periódico.

Acababa de telefonear y le dijo de forma escueta:

—Listo.

Eso significaba que los tres hombres se hallaban allí, como la noche anterior; René Lussac miraba de vez en cuando la hora, a fin de que no se le pasase telefonear a Corbeil a las nueve y media.

Allá, alrededor de la villa, donde dos ventanas de la planta baja estaban iluminadas, había hombres por todas partes, parados en la oscuridad, entre charcos de hielo.

La central telefónica, avisada, esperaba. A las nueve y treinta y cinco, anunció:

—Acaban de pedir hablar con Corbeil.

Y un inspector, sentado a la mesa de escucha, registraba la entrevista.

—¿Va todo bien? —preguntó Lussac.

No le respondió un hombre, sino Rosalie.

—Todo bien. Nada nuevo.

—Jules está impaciente.

—¿Por qué?

—Quisiera irse de viaje.

—No te retires.

La mujer debió de hablar con alguien; luego, volvió al aparato:

—Dice que hay que esperar todavía.

—¿Por qué?

—¡Porque sí!

—Aquí empiezan a mirarnos con mala cara.

—Un momento.

Nueva pausa. Después:

—Mañana habrá sin duda novedades.

Buffet llamó desde Corbeil:

—¿Ya está?

—Sí, Lussac ha llamado. Ha respondido la mujer, pero había alguien con ella. Al parecer, un tal Jules, que pertenece a la banda, empieza a impacientarse.

—¿Vamos allá?

—A las diez y cuarto.

Era preciso que las dos acciones fueran simultáneas para evitar que, si en la avenida de Versailles escapaba por milagro de la redada uno de los hombres, este pudiese avisar a Corbeil.

—A las diez y cuarto.

Maigret dio últimas instrucciones a Janvier.

—Cuando llame Fontenay-aux-Roses pide que detengan a la señora Lussac, con orden o sin ella. Que la traigan aquí y que una asistente social se encargue del niño.

—¿Y la señora Raison?

—Ella no. Por ahora, al menos.

Maigret entró en el coche patrulla, que partió. Algunos transeúntes, en la Porte de Versailles, fruncieron el ceño al ver una animación inhabitual; unos hombres pasaban arrimados a las paredes y hablaban en voz baja; otros desaparecían como por arte de magia en los rincones oscuros.

Maigret se puso en contacto con el comisario de policía y ambos acordaron cómo debía procederse.

Una vez más tenían la posibilidad de elegir entre dos alternativas. Podían esperar a que saliesen del café los tres jugadores de cartas, a los que lograban ver desde cierta distancia, a través de la ventana del café, cada uno de los cuales tenía su coche en las proximidades.

Esa parecía la solución más sencilla. Sin embargo, era la más peligrosa, porque, una vez fuera, aquellos hombres tenían completa libertad de movimiento y, tal vez, tiempo suficiente para disparar. Y, en medio de la confusión, ¿no podía alguno de ellos escapar en su coche?

—¿Existe una segunda salida?

—Hay una puerta que da al patio; pero las paredes son altas y la única salida es el pasillo del inmueble.

Los preparativos para llevar a cabo aquella operación apenas duraron un cuarto de hora y no despertaron las sospechas de los clientes del Café des Amis.

Algunos agentes, que podían pasar por inquilinos del inmueble, entraron en el edificio y se apostaron en el patio.

Otros tres, con aspecto alegre y de llevar unas copas de más, empujaron la puerta del café y se sentaron a la mesa vecina de los jugadores de cartas.

Maigret miró su reloj, como un jefe de Estado Mayor que espera la hora H, y a las diez y catorce minutos entró solo en el café. Llevaba la bufanda de punto al cuello y la mano derecha metida en el bolsillo del abrigo.

No tenía que recorrer más que dos metros, y los delincuentes ni siquiera tuvieron tiempo de ponerse de pie. Muy cerca de ellos pronunció en voz baja:

—No se muevan. Están ustedes rodeados de policías; no tienen escapatoria. Pongan las manos sobre la mesa.

El inspector Nicolas también se había acercado.

—Ponles las esposas. Vosotros también.

Uno de los hombres, de un movimiento brusco, consiguió derribar la mesa y se oyó un ruido de cristales rotos; pero dos inspectores lo sujetaban ya por las muñecas.

—Salgamos…

Maigret se volvió hacia los clientes.

—No teman, señoras y señores… Es una simple operación policial…

Quince minutos después bajaban a los tres hombres del coche y los conducían, a cada uno, a un despacho del Quai des Orfèvres.

Corbeil estaba al aparato; se trataba del gordo Buffet, con su voz meliflua.

—¿Maigret? Hecho.

—¿No ha habido problemas?

—El hombre consiguió disparar e hirió en el hombro a uno de mis agentes.

—¿Y la mujer?

—Tengo la cara cubierta de arañazos. Le llevaré a ambos en cuanto termine con las formalidades.

El teléfono no dejaba de sonar.

—Sí, señor fiscal. Los tenemos a todos… No. Aún no los he interrogado. Los he separado. Están en despachos distintos. Y espero al hombre y a la mujer que Buffet me traerá de Corbeil…

—Sea prudente. No olvide que asegurarán que la policía los ha tratado brutalmente.

—Lo sé.

—Y que tienen pleno derecho a no decir nada sin la presencia de su abogado.

—Sí, señor fiscal…

De hecho, Maigret no tenía intención de interrogarlos

inmediatamente, puesto que prefería que cada uno de ellos se macerase en su propio jugo. Esperaba a la señora Lussac.

No llegó hasta las once, porque el inspector se la había encontrado acostada y ella había tardado tiempo en prepararse y en explicar a la asistente social los cuidados que, eventualmente, habrían de prestar a su hijo.

Era una mujer baja, morena, delgada y bastante guapa, que apenas tendría veinticinco años. Su cara era pálida, de nariz respingona. No decía nada. Evitaba interpretar la comedia de la indignación.

Maigret la hizo sentarse frente a él, mientras que Janvier se instaló al fondo del despacho, con papel y lápiz en mano.

—Su marido se llama René Lussac y trabaja como agente comercial.

—Sí, señor.

—Tiene treinta y un años. ¿Cuánto tiempo llevan casados?

—Cuatro años.

—¿Cuál es su nombre de soltera?

—Jacqueline Beaudet.

—¿Natural de París?

—De Orleans. Me vine a vivir a París, a casa de mi tía, a los dieciséis años.

—¿A qué se dedica su tía?

—Es comadrona. Vive en la calle Notre-Dame-de-Lorette.

—¿Dónde conoció a René Lussac?

—En una tienda de discos e instrumentos de música, donde yo trabajaba como dependienta. ¿Dónde está, señor comisario? Dígame qué le ha sucedido. Desde que Joseph…

—¿Se refiere a Joseph Raison?

—Sí. Joseph y su mujer eran amigos nuestros. Vivimos en la mismo edificio.

—¿Los dos hombres salían a menudo juntos?

—De vez en cuando. No a menudo. Desde que Joseph murió…

—Le da a usted miedo que le ocurra lo mismo a su marido, ¿verdad?

—¿Dónde está? ¿Ha desaparecido?

—No. Está aquí.

—¿Vivo?

—Sí.

—¿Está herido?

—No, pero por poco no lo estuvo.

—¿Puedo verlo?

—Por el momento no.

—¿Por qué? —Sonrió con amargura—. Soy tonta al hacerle esta pregunta. Sé lo que busca usted y por qué me interroga. Usted cree que le será más fácil conseguir que hable una mujer que un hombre, ¿verdad?

—Fernand está detenido.

—¿Quién es?

—¿De verdad no lo sabe?

La muchacha lo miró a los ojos.

—No. Mi marido nunca me habló de él. Únicamente sé que recibía órdenes de alguien.

Había sacado un pañuelo del bolso como una concesión al decoro, porque no lloraba.

—Ya ve usted que esto es más fácil de lo que se imaginaba. Hace bastante tiempo que tengo miedo y que le suplico a René que no trate con esa gente. Tiene un buen oficio. Éramos felices. No éramos ricos, pero tampoco teníamos una mala vida. No sé a quién conoció…

—¿Cuánto tiempo hace de eso?

—Unos seis meses… Fue el invierno pasado… Hacia finales de verano… Le aseguro que prefiero que esto haya terminado, porque así ya no volveré a sentir miedo… ¿Está usted seguro de que esa mujer se ocupará bien de mi hijo?

—Por ese lado no tiene usted nada que temer.

—Es nervioso, como su padre. Por las noches se mueve mucho…

Se veía que estaba cansada, un poco confundida, esforzándose por poner en orden sus ideas.

—De lo que estoy segura es de que René no disparó.

—¿Cómo lo sabe usted?

—Ante todo, porque sería incapaz de hacerlo. Se dejó arrastrar por esa gente, sin sospechar que la cosa fuese tan grave.

—¿Le habló del asunto?

—Me di cuenta de que, desde hacía algún tiempo, traía más dinero del habitual. También salía más, casi siempre con Joseph Raison. Un día encontré su pistola.

—¿Qué le dijo?

—Que no tuviera miedo, que dentro de unos meses podríamos vivir tranquilos en el Mediodía. Quería abrir una tienda por su cuenta en Cannes o en Niza…

Finalmente se puso a llorar de forma silenciosa, con pequeños estremecimientos.

—En realidad, la culpa la tuvo el coche… Quería a toda costa un Florida… Firmó letras de cambio… Llegó el momento de pagarlas… Cuando sepa que he hablado con usted, no me lo perdonará… Tal vez no quiera volver a vivir conmigo…

Se oyó un ruido en el pasillo y Maigret hizo señas a Janvier para que se llevase a la joven al despacho de al lado. Había reconocido la voz de Buffet.

Tres agentes empujaban a un hombre esposado. Este miró a Maigret con expresión desafiante.

—¿Y la mujer? —preguntó Maigret.

—Al final del pasillo. Es más peligrosa que él, porque araña y muerde.

En efecto, Buffet tenía la cara arañada, con sangre en la nariz.

—Pasa, Fernand.

Buffet pasó también, mientras que los dos inspectores se quedaron fuera. El antiguo presidiario inspeccionaba el lugar, mientras murmuraba:

—Me parece que ya he estado aquí. —Volvía a mostrarse irónico, seguro de sí—. Supongo que me avasallará a preguntas como la última vez. Ya le aviso ahora de que no diré nada.

—¿Quién es tu abogado?

—El mismo de siempre: el señor Gambier.

—¿Quieres que lo llamemos?

—Personalmente, no tengo nada que decirle. Pero si le divierte, saque a ese hombre de la cama…

Durante toda la noche, en el Quai des Orfèvres hubo idas y venidas por los pasillos y entradas y salidas de distintos despachos. Se oía el tecleteo de las máquinas de escribir. El teléfono no dejaba de sonar, porque el ministerio fiscal quería estar al tanto de lo que ocurría, por lo que el juez de instrucción permanecía despierto.

Un inspector se pasaba la mayor parte del tiempo haciendo café y, a veces, Maigret encontraba a uno de sus colaboradores entre dos puertas.

—¿Nada todavía?

—Sigue sin hablar.

Ninguno de los tres hombres del Café des Amis admitieron conocer a Fernand. Todos interpretaban la misma comedia.

—¿Quién es?

Y, tras dejarles escuchar la grabación de la llamada hecha a Corbeil, respondían:

—Eso es cosa de René. Sus asuntos amorosos no nos interesan.

Y René respondía:

—Tengo derecho a tener una amante, ¿no?

Llevaron a la señora Lussac en presencia de Fernand.

—¿Lo conoce usted?

—No.

—¿Qué les decía yo? —respondía triunfante el antiguo preso—. Esa gente nunca me ha visto. Salí de Saint-Martin-de-Ré sin un céntimo, y un compañero me proporcionó la dirección de su amiga, y me dijo que ella me daría algo de comer. Yo estaba en su casa, tan tranquilo...

El abogado Gambier llegó a la una de la madrugada y empezó a esgrimir aspectos legales.

Según el nuevo Código Penal, la policía no podía detener a esos hombres más de veinticuatro horas, tras lo cual el caso pasaba al ministerio fiscal y al juez de instrucción, quienes se harían cargo del asunto.

En la parte del Palacio de Justicia ya empezaban a mostrar dudas.

El careo entre la señora Lussac y su marido no aportó ningún dato.

—Diles la verdad.

—¿Qué verdad? ¿Que tengo una amante?

—La pistola automática…

—Un compañero me la prestó. ¿Y qué? Salgo de viaje con frecuencia, voy solo por las carreteras, al volante de mi coche…

Por la mañana irían a buscar a los testigos, todos los que ya habían desfilado por el Quai des Orfèvres: los camareros de la calle La Fayette, la cajera, el mendigo, los transeúntes, el agente de policía de paisano que había disparado…

Por la mañana también registrarían los alojamientos de los tres hombres detenidos en la Porte de Versailles, y tal vez encontraran el maletín en casa de alguno de ellos.

Aquello no era más que rutina, una rutina un tanto descorazonadora, agobiante.

—Usted puede regresar a Fontenay-aux-Roses, pero la asistente social se quedará con usted hasta nueva orden…

Hizo que la llevaran a su casa. La muchacha no se sostenía ya en pie y entornaba los ojos, mirando alrededor, como si ya no supiese dónde estaba.

Mientras sus hombres seguían hostigando a preguntas a los prisioneros, Maigret fue a dar una vuelta, a pie, mientras los primeros copos de nieve caían sobre su sombrero y sus hombros. En el bulevar del Palais vio un bar abierto. Entró y se acodó en el mostrador. Comió cruasanes calientes mientras se bebía dos o tres tazas de café.

Cuando regresó a su despacho, a las siete, con paso cansino y los párpados pesados, se sorprendió al encontrar allí a Fumel.

—¿Tienes alguna novedad tú también?

Y el inspector, muy agitado, se puso a hablar con locuacidad.

—Estaba de servicio esta noche. Me han tenido al corriente de lo que usted hacía en la avenida de Versailles, pero no era asunto mío y aproveché para llamar a los compañeros de los otros distritos por teléfono. Todos ellos tienen ahora la fotografía de Cuendet...

»Me decía que un día u otro eso daría resultado...

»Mientras hablaba con Duffieux, del distrito dieciocho, de este tema, me ha dicho que precisamente quería hablarme del mismo...

»Resulta que él trabaja con Lognon, un amigo de usted. Cuando Lognon, ayer por la mañana, vio la fotografía, la cogió inmediatamente y se la guardó en el bolsillo sin decir nada.

»La cara de Cuendet le recordó a alguien. Al parecer, se puso a hacer preguntas en los bares y en los restaurantes de la calle Caulaincourt y de la plaza Constantin-Pecqueur.

»Ya sabe usted que, cuando a Lognon se le mete una idea en la cabeza, no la suelta. Finalmente encontró el lugar exacto, en la parte más alta de la calle Caulaincourt, en una cervecería que se llama La Régence.

»Allí reconocieron a Cuendet sin vacilar, y le dijeron a Lognon que iba con bastante frecuencia a ese bar en compañía de una mujer.

Maigret preguntó:

—¿Desde hacía mucho tiempo?

—Eso es lo más interesante precisamente. Según ellos, desde hacía dos años.

—¿Conoces a la mujer?

—El camarero no sabe su nombre, pero afirma que vive en una de las casas vecinas, porque la ve pasar todas las mañanas cuando va a la compra.

Toda la policía judicial estaba centrada en Fernand y en sus compinches. Al cabo de dos horas los pasillos volverían a estar abarrotados de testigos, a quienes les mostrarían por separado a los cuatro hombres. Tenían para todo el día, y las máquinas de escribir no pararían de mecanografiar declaraciones.

Solo en medio de esta agitación que no le concernía, el inspector Fumel, con los dedos quemados por la nicotina de los cigarrillos, que apuraba hasta el máximo, hasta el punto de que tenía incluso una marca indeleble en el labio superior, había acudido para hablar con Maigret del suizo de carácter tranquilo, del que ya nadie se acordaba.

¿Acaso no habían enterrado ya aquel asunto? ¿Acaso el juez Cajou no estaba convencido de que ya debían preocuparse por el caso?

Desde el primer día había zanjado la cuestión con esta frase: «Ajuste de cuentas…».

No conocía a la vieja Justine, ni el piso de la calle Mouffetard, ni mucho menos el hotel Lambert y la suntuosa mansión de enfrente.

—¿Estás cansado? —le preguntó Maigret.

—No mucho.

—¿Nos vamos allí los dos?

Maigret hablaba a Fumel casi como a un cómplice, como si le hubiese propuesto hacer novillos.

—Cuando lleguemos será de día…

Dejó instrucciones a sus hombres, se paró en una esquina del muelle para comprar tabaco y, al lado del inspector, que tiritaba, esperó el autobús que los llevaría a Montmartre.

7

¿Sospechaba Lognon que Maigret daba más importancia al muerto casi anónimo del Bois de Boulogne que al atraco de la calle La Fayette y a la banda de atracadores que protagonizarían las páginas de los periódicos al día siguiente?

De ser así, ¿no habría seguido la pista que había descubierto? En ese caso, era imposible saber hasta dónde habría llegado para descubrir la verdad, porque era, indudablemente, el policía con mayor olfato de París, también el más perseverante y el más desesperado por obtener éxito.

¿Le perseguía la mala suerte o el convencimiento de que el destino estaba definitivamente en contra de él, de que era ya una víctima elegida?

En cualquier caso, sabía que terminaría su carrera como inspector de la comisaría del distrito XVIII, como Aristide Fumel en la del XVI. La mujer de Fumel se había marchado, abandonándolo; la de Lognon, enferma, no dejaba de quejarse desde hacía quince años.

En cuanto al asunto Cuendet, la cosa había sido, indudablemente, sencilla. Lognon, ocupado con otros asuntos, se lo había comentado a un colega, quien no le dio importancia ya que solo lo había hablado con Fumel, y como un hecho incidental, por teléfono.

La nieve empezaba a caer copiosamente y a acumularse en los tejados, pero no en las calles, por desgracia. Maigret siempre se sentía decepcionado al ver que la nieve se derretía en las aceras.

La atmósfera del autobús estaba caldeada en exceso. La mayoría de los viajeros iban callados y miraban al frente, con las cabezas balanceándose de derecha a izquierda y de izquierda a derecha, con la expresión fija.

—¿No has sabido nada nuevo sobre la manta?

Fumel, sumido en sus pensamientos, se sobresaltó.

—¿La manta? —repitió, como si no hubiese entendido la pregunta.

Él también estaba falto de sueño.

—La manta de piel de gato montés.

—Registré el coche de Stuart Wilton, y no vi ninguna manta. El coche tiene calefacción y, además, aire acondicionado; tiene incluso un pequeño bar. Me lo dijo un mecánico del taller.

—¿Y el del hijo?

—Normalmente lo aparca delante de la George-V. Le eché una ojeada, y tampoco vi ninguna manta.

—¿Sabes dónde se surte de gasolina?

—La mayoría de las veces en una gasolinera de la calle Marbeuf.

—¿Has ido allí?

—No he tenido tiempo.

El autobús se paró en la esquina de la plaza Constantin-

Pecqueur. Las aceras estaban casi vacías. Aún no eran las ocho de la mañana.

—Esa debe de ser la cervecería.

Estaba iluminada y un camarero barría el serrín del suelo. Era una cervecería de las antiguas, de las que se encuentran cada vez menos en París, con bolas de metal para los paños, un mostrador de mármol donde una cajera se sentaría delante de la caja registradora, y con espejos a lo largo de las paredes. Algunos carteles recomendaban el chucrut y el *cassoulet,* especialidades de la casa.

Los dos hombres entraron.

—¿Has desayunado?

—Todavía no.

Fumel pidió café y brioches, mientras que Maigret, que ya había tomado demasiado café durante la noche y que tenía la boca pastosa, pidió una copita de licor.

Uno habría dicho que la vida, en el exterior, tenía dificultades para reanudar su ritmo. No era ni de noche ni de día. Los niños se dirigían a la escuela tratando de coger al vuelo los copos de nieve, que debían de saber a polvo.

—Dígame, camarero…

—¿Qué, señor?

—¿Conoce usted a este hombre?

El camarero miró al comisario con cierta complicidad.

—Usted es el señor Maigret, ¿verdad? Le conozco. Vino aquí, hace un par de años, con el inspector Lognon.

Examinó la fotografía con complacencia.

—Sí, es cliente de la casa. Viene siempre con la señorita de los sombreros.

—¿Por qué la llama «la señorita de los sombreros»?

—Porque casi siempre lleva un sombrero diferente, y todos muy divertidos. Suelen venir a cenar, y se sientan en aquel rincón del fondo. Son muy amables. A ella le encanta el chucrut. Nunca tienen prisa; luego se toman su café y saborean una copita, cogidos de la mano.

—¿Hace mucho tiempo que vienen aquí?

—Hace años. No sé cuántos.

—Al parecer, la mujer vive en el barrio.

—Ya me hicieron la misma pregunta. Debe de tener un piso en uno de los inmuebles por aquí cerca, porque la veo pasar casi todas las mañanas con su bolsa de malla para hacer la compra.

¿Por qué le encantaba a Maigret descubrir a una mujer en la vida de Honoré Cuendet?

Poco después entraba con Fumel en una portería de un edificio, donde la portera estaba clasificando el correo.

—¿Conoce usted a este hombre?

La portera los miró con atención, negando con la cabeza.

—Creo que lo he visto alguna vez, pero no puedo decir que lo conozca. En cualquier caso, nunca ha venido aquí.

—¿Tiene usted entre sus inquilinos a una mujer que cambia con frecuencia de sombreros?

Miró a Maigret pasmada y luego se encogió de hombros, mascullando algo que el comisario no entendió.

No tuvieron más suerte en el segundo inmueble, ni en el tercero. En el cuarto, la portera estaba vendando la mano a su marido, que se había cortado al sacar los cubos de la basura.

—¿Lo conoce usted?

—¿Por qué?

—¿Vive en este edificio?

—Vive sin vivir. Es amigo de la señorita del quinto.

—¿Qué señorita?

—La señorita Éveline, la modista.

—¿Hace mucho que ella vive aquí?

—Por lo menos doce años. Ya estaba en el edificio cuando yo llegué.

—¿Y ya era amiga de ese hombre?

—Tal vez sí. No lo recuerdo.

—¿Le vio usted en estos últimos tiempos?

—¿A quién? ¿A ella? ¡Caramba! ¡Si la veo todos los días!

—¿Y a él?

—¿Recuerdas la última vez que vino, Désiré?

—No, pero hace ya tiempo.

—¿Se quedaba a pasar la noche? —le preguntó Maigret.

A la portera la pregunta le pareció algo ingenua.

—¿Cómo? Son mayorcitos, ¿no?

—¿Se quedaba aquí varios días seguidos?

—Incluso semanas.

—¿Está en estos momentos la señorita Éveline en casa? ¿Cuál es su apellido?

—Schneider.

—¿Recibe muchas cartas?

El paquete de cartas, delante del casillero, estaba sin abrir.

—No demasiadas.

—¿Quinto izquierda?

—Derecha.

Maigret salió a la calle para ver si había luz en las ventanas y, al comprobar que estaban iluminadas, Fumel y él subieron la escalera. No había ascensor. La escalera se veía muy cuidada; el inmueble era limpio y tranquilo, con felpudos delante de las puertas y alguna que otra placa de cobre o de esmalte.

Se fijaron que vivía un dentista en el segundo piso y una comadrona en el tercero. Maigret se paraba de vez en cuando para resoplar, y oía la radio dentro de los pisos.

Al llegar al quinto, dudó un instante en apretar el timbre eléctrico. También se oía la radio en el interior, pero enseguida la apagaron. Se acercaron unos pasos a la puerta, que se abrió. Una mujer bastante baja, con el cabello de un rubio claro, vestida no con una bata, sino con una especie de blusón, los miró con sus ojos azules. En la mano sostenía un trapo de limpiar el polvo.

Maigret y Fumel se sentían tan incómodos como ella, porque vieron cómo el asombro, y luego el temor, se acrecentaban en su mirada, cómo temblaban sus labios. Finalmente preguntó:

—¿Me traen una mala noticia?

Les hizo señas de que entrasen en un cuarto de estar, cuya limpieza estaba haciendo, y empujó con el pie el aspirador eléctrico que les impedía el paso.

—¿Por qué nos pregunta eso?

—No lo sé... Una visita a estas horas, cuando Honoré lleva ausente tanto tiempo...

Tendría unos cuarenta y cinco años, pero parecía mucho más joven. Su piel se veía tersa; sus formas eran redondeadas y firmes.

—¿Son ustedes de la policía?

—Comisario Maigret. Y este es mi compañero, el inspector Fumel.

—¿Honoré ha sufrido algún accidente?

—Así es. Le traigo una mala noticia.

La mujer no lloraba todavía; pero se notaba que intentaba aferrarse a frases sin importancia.

—Siéntense. Quítense los abrigos, porque hace mucho calor aquí. A Honoré le gusta el ambiente caldeado. No tengan en cuenta el desorden...

—¿Lo quiere usted mucho?

Ella se mordió el labio, tratando de adivinar la gravedad de la noticia.

—¿Está herido? —Y casi inmediatamente—: ¿Está muerto?

Finalmente, lloraba, con la boca abierta, como los niños, sin importarle que su rostro se afease. Al mismo tiempo, se agarraba el cabello con ambas manos y miraba alrededor como si buscara un rincón donde refugiarse.

—Siempre tuve ese presentimiento...

—¿Por qué?

—No lo sé... Éramos demasiado felices...

La habitación era acogedora, íntima, con muebles macizos, de buena calidad, y algunos adornos que demostraban cierto gusto. Por una puerta abierta, se veía una cocina con mucha luz, en la que estaba puesta todavía la mesa del desayuno.

—No tengan en cuenta... —repitió—. Discúlpenme.

Abrió otra puerta, la del dormitorio, aún a oscuras, y se echó en la cama, boca abajo, y se puso a llorar desconsoladamente.

Maigret y Fumel se miraron en silencio. El inspector se

sintió especialmente conmovido, tal vez porque nunca había sabido resistirse a las mujeres, a pesar de los disgustos que estas le habían causado.

Aquello duró menos tiempo de lo que ambos temían, y la mujer entró en el cuarto de baño, abrió el grifo, se mojó la cara y regresó ya más serena, murmurando:

—Les ruego que me disculpen. ¿Cómo sucedió?

—Lo encontraron muerto en el Bois de Boulogne. ¿No leyó usted los periódicos en estos últimos días?

—No leo los periódicos. Pero ¿por qué el Bois de Boulogne? ¿Qué iría a hacer allí?

—Fue asesinado en otra parte.

—¿Asesinado? ¿Por qué razón?

Se esforzaba por no estallar de nuevo en sollozos.

—¿Hace mucho tiempo que era amigo suyo?

—Más de diez años.

—¿Dónde lo conoció?

—Muy cerca de aquí, en una cervecería.

—¿En La Régence?

—Sí. Yo comía allí de vez en cuando. Me fijé en él, solo, en su rincón.

¿Aquello no significaba que en esa época Cuendet preparaba un robo en el barrio? Probablemente. Al examinar la lista de los robos cuyos autores no habían sido encontrados, seguramente se hallaría uno cometido en la calle Caulaincourt.

—No recuerdo cómo empezamos a hablar. La cuestión es que una noche cenamos a la misma mesa. Me preguntó si era alemana, y le respondí que era alsaciana. Nací en Estrasburgo. —Sonreía con una sonrisa triste—. Pasamos un rato muy agradable, divirtiéndonos con el acento del otro, porque él también había conservado su acento del Vaud como yo el mío.

Era un acento agradable, cantarino. La señora Maigret también era alsaciana y bajita, al igual que ella, y había conservado una figura redondeada y firme.

—¿Se convirtió en amigo suyo?

Ella se sonaba sin preocuparse de que se le pusiera la nariz colorada.

—No siempre estaba aquí. Pocas veces pasaba más de dos o tres semanas conmigo; luego se marchaba de viaje. Al principio me pregunté si tendría esposa e hijos en provincias. Algunos provincianos se quitan la alianza cuando vienen a París…

Parecía haber conocido a otros hombres antes que a Cuendet.

—¿Cómo supo usted que ese no era su caso?

—No estaba casado, ¿verdad?

—No.

—Estaba segura de ello. Primero, supe que no tenía hijos por la forma con la que miraba a los niños en la calle. Se notaba que se había resignado a no ser padre; pero que aun así lo lamentaba. Por otra parte, cuando vivía aquí, no se comportaba como un hombre casado. Es difícil de explicar. Tenía ciertos pudores, pudores que un casado no tiene. La primera vez, por ejemplo, comprendí que se sentía incómodo de hallarse en mi cama, y más incómodo aún por la mañana, cuando se despertó…

—¿Nunca le habló de su profesión?

—No.

—¿Ni nunca le preguntó usted?

—Traté de averiguarlo, sin mostrarme indiscreta.

—¿Le decía que viajaba?

—Que se veía obligado a marcharse. No precisaba adónde iba ni por qué. Un día le pregunté si su madre vivía y enrojeció. Eso me hizo pensar que tal vez viviera con ella. En cualquier caso, tenía a alguien que le remendaba la ropa interior, le zurcía los calcetines, y que no era demasiado diestra. Los botones estaban siempre mal cosidos, por ejemplo, y yo le gastaba bromas al respecto.

—¿Cuándo la dejó por última vez?

—Hace seis semanas. Podría dar con la fecha exacta...
—Y a continuación preguntó a su vez—: ¿Y cuándo... cuándo sucedió?

—El viernes.

—Sin embargo, nunca llevaba mucho dinero encima.

—Cuando pasaba un tiempo con usted, ¿traía maleta?

—No. Si abre usted el armario, encontrará su bata, sus zapatillas y, en un cajón, sus camisas, sus calcetines y sus pijamas.

Señaló la chimenea y Maigret vio tres pipas, una de ellas de espuma. También allí había una estufa de carbón, como en la calle Mouffetard, y un sillón junto a la estufa: el sillón de Honoré Cuendet.

—Perdone mi indiscreción, pero me veo obligado a hacerle una pregunta.

—La adivino. ¿Quiere hablar de dinero?

—Sí. ¿Le daba a usted dinero?

—Me lo propuso, pero yo no acepté, porque me gano bastante bien la vida. Lo único que le permití, porque él insistió y porque no soportaba vivir aquí sin pagar su parte, fue que abonase la mitad del alquiler del piso.

»Me hacía regalos. Fue él quien compró los muebles de esta habitación e hizo que arreglasen mi sala de pruebas. Puede usted verlo…

Se trataba de una pequeña pieza, amueblada al estilo Luis XVI, con profusión de espejos.

—Fue él también quien pintó las paredes, incluso las de la cocina, y quien alfombró el cuarto de estar, porque le gustaba mucho el bricolaje.

—¿Nunca fue de viaje con él?

—Pasamos algunos días en Dieppe el segundo año. En otra ocasión, estuvimos de vacaciones en Saboya, y me mostró las montañas de Suiza, a lo lejos, diciéndome que era su país. También hicimos el recorrido París-Niza en autocar y visitamos la Costa Azul.

—¿Gastaba mucho?

—Depende de lo que llame usted «mucho». No era tacaño, pero no le gustaba que lo engañasen y repasaba con cuidado las facturas del hotel y las cuentas del restaurante.

—¿Ha cumplido usted los cuarenta años?

—Tengo cuarenta y cuatro.

—Por tanto, no carece usted de cierta experiencia en la vida. ¿Nunca se preguntó por qué Honoré llevaba esa doble vida? ¿Ni por qué no se casaba con usted?

—He conocido a otros hombres que tampoco me propusieron matrimonio.

—¿De la misma clase que él?

—No, claro que no.

La mujer reflexionó.

—Sí, claro que me hice muchas preguntas al respecto. Al principio, ya se lo he dicho, creí que estaba casado en provincias y que sus negocios le exigían su presencia en París varias veces al año. No por eso se lo hubiese reprochado. Era tentador tener aquí a una mujer para recibirlo, un hogar. Detestaba los hoteles; me di cuenta de ello cuando viajamos juntos la primera vez. No se encontraba a gusto. Siempre parecía estar temiendo algo.

¡Increíble!

—Luego, por su carácter y por los zurcidos de sus calcetines me di cuenta de que vivía con su madre y que le fastidiaba confesármelo. Muchos más hombres de lo que cree usted no se casan debido a su madre y, a los cincuenta años, siguen siendo unos niños cuando están con ella. Tal vez ese fuera su caso.

—Sin embargo, tenía que ganarse la vida.

—Tal vez tuviera un pequeño negocio en alguna parte.

—¿Nunca sospechó usted otra clase de actividad?

—¿Cuál?

Era sincera. Era completamente imposible que estuviera fingiendo.

—¿Qué quiere usted decir? Ahora estoy dispuesta a saberlo todo. ¿Qué hacía?

—Era un ladrón, señorita Schneider.

—¿Él? ¿Honoré?

Se echó a reír con una risa nerviosa.

—No es cierto, ¿verdad?

—Escuche: ha estado robando durante toda su vida, desde que tenía dieciséis años, cuando era aprendiz en una cerrajería de Lausana. Huyó de un correccional, en Suiza, para enrolarse en la Legión Extranjera.

—Cuando descubrí su tatuaje, me habló de la Legión.

—¿No le dijo también que había cumplido dos años de cárcel?

Se sentó con las piernas cruzadas y escuchó como si se tratase de otro Cuendet, no del suyo, no de Honoré, que era su amante.

De vez en cuando movía la cabeza, todavía incrédula.

—Fui yo mismo, señorita, quien lo detuvo en otras ocasiones, y, desde entonces, ha pasado por mi despacho varias veces. No era un ladrón corriente. No tenía cómplices ni frecuentaba los medios del hampa. Llevaba una vida ordenada. De cuando en cuando preparaba un golpe tras obtener información en periódicos y revistas, y durante semanas observaba las idas y venidas de los habitantes de la casa que había elegido...

»Y, cuando estaba seguro de poder llevarlo a cabo, se introducía en la casa para apoderarse de joyas y dinero.

—No puedo, no. Soy incapaz de creérmelo.

—Comprendo su reacción. Sin embargo, no se equivocó usted respecto a lo de su madre. Parte del tiempo que no estaba con usted, lo pasaba con su madre, en un piso de la calle Mouffetard, donde también tenía efectos personales.

—¿Y ella sabía...?

—Sí.

—¿Lo supo siempre?

—Siempre.

—¿Y no hizo nada para impedirlo?

No estaba indignada, sino sorprendida.

—¿Por eso lo mataron?

—Es lo más probable.

—¿Fue la policía?

Se mostraba más dura, menos cordial, menos confiada.

—No.

—¿Fueron los dueños de la casa que... pretendía robar los que lo mataron?

—Eso creo. Escúcheme bien: no soy yo quien está al cargo de la investigación, sino el juez de instrucción Cajou. Le confió ciertas tareas al inspector Fumel respecto a este asunto.

Este inclinó la cabeza.

—El inspector ha venido aquí sin ninguna orden judicial, de forma extraoficial. Tiene usted derecho a negarse a responder tanto a mis preguntas como a las de él. Usted puede pedirnos que nos vayamos de su casa. Y, si quisiéramos registrar su piso, se trataría de un abuso de poder, ¿me entiende?

No. Maigret sabía que la mujer no medía el alcance de sus palabras.

—Creo...

—Para ser más exacto, cuanto usted me ha confiado con respecto a Cuendet no constará en el informe del inspector. Seguramente, cuando el juez de instrucción descubra su existencia y sus relaciones con Honoré, le envíe a Fumel o a cualquier otro inspector provisto de una orden judicial.

—¿Qué deberé hacer entonces?

—En ese momento, podrá usted pedir la presencia de un abogado.

—¿Para qué?

—He dicho que «podrá». La policía no tiene nada contra usted. Tal vez Cuendet haya dejado en su piso, aparte de su ropa, sus libros y sus pipas, quizás otras cosas…

Finalmente los ojos azules de la modista dejaran traslucir comprensión. Demasiado tarde, porque la señorita Éveline murmuró para sí:

—La maleta…

—Sería normal que, viviendo con usted parte del año, su amigo le hubiese dejado una maleta que contuviera efectos personales. También sería normal que le hubiese dejado la llave de esa maleta, recomendándole, por ejemplo, que la abriese si le ocurría algo…

Maigret habría preferido que Fumel no estuviese allí, y, como si se diese cuenta de ello, el inspector fingía no prestar atención.

En cuanto a Éveline, esta negó con la cabeza.

—No tengo la llave… Pero…

—Poco importa, se lo repito. No es absurdo pensar que un hombre como Cuendet tomara la precaución de redactar un testamento en el que le hiciera a usted, después de su muerte, ciertas peticiones; por ejemplo, que cuidara de su madre…

—¿Es muy mayor?

—Ya la verá, puesto que, al parecer, son ustedes las dos únicas mujeres en su vida.

—¿Eso cree?

Se notaba que, a pesar de todo, aquello la hacía feliz y no pudo evitar mostrar su satisfacción con una sonrisa. Cuando sonreía, se le formaban hoyuelos en las mejillas como a una muchacha.

—Ya no sé qué pensar.

—Cuando nos hayamos marchado, tendrá tiempo de pensar en ello.

—Dígame, señor comisario… —Titubeó, enrojeciendo hasta el nacimiento del cabello—. ¿Alguna vez…. ha matado a alguien…?

—Puedo asegurarle que no.

—Le diré que, si me hubiese contestado que sí, me habría negado a creerle.

—Añadiré algo más difícil de explicar. Es seguro que Cuendet vivía de una parte del producto de sus robos.

—¡Gastaba tan poco!

—Precisamente. Es posible, e incluso probable, que hubiera experimentado la necesidad de sentirse seguro: la necesidad de saber que poseía un dinero a su disposición. Por tanto, no me sorprendería que, en su caso, haya desempeñado un papel esencial otro elemento…

»Durante semanas, ya se lo he dicho, observaba todos los movimientos de una casa…

—¿Cómo lo hacía?

—Instalándose en una taberna, donde se pasaba las horas junto a la ventana; o alquilando, cuando le era posible, una habitación en un inmueble que estuviese enfrente…

A Éveline le vino a la mente la misma idea que ya se le había ocurrido a Maigret.

—¿Cree usted que cuando lo conocí en La Régence…?

—Es probable. No esperaba a que los pisos estuvieran desocupados ni que los inquilinos se hallaran fuera. ¡Al contrario! Esperaba a que estos regresaran…

—¿Por qué?

—Un psicólogo o un psiquiatra le responderían mejor que yo a esta pregunta. ¿Necesitaba experimentar la sensación de peligro? No estoy tan seguro de ello. Escuche: no se introducía únicamente en un piso desconocido, sino, en cierto modo, también en la vida de las personas. Estas dormían en sus camas, y él casi rozaba sus cuerpos al pasar junto a ellas. Era algo así como si, además de apoderarse de sus joyas, se llevase un poco de su intimidad…

—No parece que lo juzgue usted por ello.

—Yo no juzgo a nadie. Adiós, señorita. No se olvide de todo lo que le he dicho; recuerde cada palabra. Y piense en ello tranquilamente.

Le estrechó la mano, con gran sorpresa de Éveline, y Fumel imitó al comisario, con más torpeza, como si estuviese aturdido.

Ya en la escalera, el inspector exclamó:

—¡Es una mujer extraordinaria!

Este volvería, poco después, a deambular por el barrio, incluso cuando todo el mundo hubiese olvidado a Honoré Cuendet. Era más fuerte que él. Se había liado con una amante que le complicaba la existencia, e iba a ingeniárselas para complicársela aún más.

Ya en la acera empezaba a cuajar la nieve.

—¿Qué hago, jefe?

—Debes de tener sueño, ¿verdad? Entremos a tomar algo.

En ese momento, ya había algunos clientes en la cervecería, donde un agente comercial anotaba direcciones de un listado de profesiones.

—¿La ha encontrado?

—Sí.

—Una mujer agradable, ¿verdad? ¿Qué les pongo?

—A mí, un ponche.

—A mí también.

—¡Dos ponches, dos!

—Esta tarde, una vez que hayas dormido, redacta tu informe.

—¿Debo hablar de la calle Neuve-Saint-Pierre?

—¡Por supuesto! Y de la de Wilton, que vive enfrente del hotel Lambert. Cajou te llamará a su despacho para pedirte detalles.

—Me pedirá registrar la casa de la señorita Schneider.

—Donde espero que no encuentres nada, excepto ropa en una maleta.

A pesar de su admiración por el comisario, Fumel estaba a disgusto y fumaba nerviosamente su cigarrillo.

—Comprendí lo que usted le decía.

—La madre de Honoré me dijo de su hijo: «Estoy segura de que no me dejará sin nada».

—A mí también me lo repitió.

—Ya verás como el juez no querrá que este asunto vaya más lejos, sobre todo en cuanto oiga hablar de los Wilton…

Maigret se bebía el ponche a sorbitos. Pagó la consumición y decidió tomar un taxi hasta la policía judicial.

—¿Te dejo en alguna parte?

—No. Hay un autobús directo que me lleva.

¿Acaso temía Fumel que la señorita Éveline no hubiese entendido del todo las palabras de Maigret y tenía la intención de hacerle una nueva visita?

—A propósito, este asunto de la manta me sigue preocupando. Continúa investigándolo…

Y, con las manos en los bolsillos, Maigret se dirigió a la parada de taxis de la plaza Constantin-Pecqueur, desde donde se veían las ventanas de la casa del inspector Lognon.

8

En el Quai des Orfèvres todo el mundo estaba extenuado, tanto los inspectores como los hombres detenidos durante la noche. Habían ido a buscar a los testigos a sus casas, los cuales estos se hallaban por todas partes, algunos aún medio dormidos, de un humor terrible y que no dejaban de acosar a Joseph:

—¿Hasta cuándo nos tendrán esperando?

¿Qué podía responderles el viejo ordenanza? Él no sabía más que ellos.

El camarero de la cervecería Dauphine subió una vez más una bandeja con panecillos y café.

Lo primero que hizo Maigret, al instalarse en su despacho, fue llamar a Moers, que también estaba muy ocupado, unas plantas más arriba, en el departamento de la policía científica.

Habían realizado la prueba de la parafina sobre las manos de cuatro hombres; es decir, si uno de ellos había disparado con un arma cualquiera en los últimos tres o cuatro días, encontrarían, en la piel, pólvora incrustada, aunque hubiesen sido precavidos llevando guantes.

—¿Tienes los resultados?

—Acaba de traérmelos del laboratorio.

—¿Cuál de los cuatro?

—El número tres.

Maigret consultó la lista que llevaba un número para cada detenido. El número tres era Roger Stieb, refugiado checoslovaco, que había trabajado algún tiempo en la misma fábrica que Joseph Raison, en el muelle de Javel.

—¿Podemos fiarnos del técnico?

—Absolutamente.

—¿Nada en los otros tres?

—Nada.

Stieb era un muchacho alto, rubio, que, durante la noche, se había mostrado más dócil que los demás y que, aun ahora, frente a Torrence, que lo acosaba a preguntas, miraba al inspector sin alterarse, como si no comprendiese una palabra de francés.

Sin embargo, era el asesino de la banda, encargado de cubrir la huida de los asaltantes.

El otro, Loubières, un hombre de baja estatura, pero robusto y velludo, oriundo de Fécamp, tenía un taller mecánico en Puteaux. Estaba casado y con dos hijos. En ese momento, un equipo de expertos estaba registrando su taller.

En la casa de René Lussac el registro no había dado ningún resultado, como tampoco en la villa de la Bella Rosalie.

De todos, esta era la más escandalosa, y, a pesar de estar encerrada dos despachos más allá, donde la interrogaba Lucas, Maigret la oía chillar.

Habían empezado los careos. Los dos camareros, impresionados, no se atrevían a ser categóricos, pero creían que

Fernand era el cliente que se encontraba en la cervecería en el momento del atraco.

—¿Están ustedes seguros de haber cogido a toda la banda? —preguntaron antes del careo.

Les respondieron que sí, aunque no fuese cierto del todo. Faltaba uno de ellos, el que conducía el coche, y del que se desconocía la identidad.

Este, como solía ocurrir en estos casos, debía de ser un as del volante, pero probablemente no había participado en los robos.

—¿Oiga? Sí, señor fiscal… Esto progresa… Sabemos quién disparó: fue Stieb… Lo niega, sí… Y seguirá negándolo… Todos ellos lo negarán…

Salvo la señora Lussac, quien, en su casa, mientras se ocupaba de su hijo junto con la asistente social, seguía abatida.

A Maigret le costaba trabajo mantener los ojos abiertos, y el ponche de La Régence no le había servido para despejarse. Incluso cogió de un armario la botella de aguardiente que guardaba allí para las grandes ocasiones y, aunque dudó unos instantes, bebió un trago.

—¿Oiga? Todavía no, señor juez…

Lo llamaban por los dos teléfonos a la vez, y eran las diez y veinte cuando, al fin, recibió la llamada que esperaba: la de Puteaux.

—Lo hemos encontrado, jefe.

—¿Todo?

—No falta ni un billete.

La policía había anunciado, a través de la prensa, que el banco tenía los números de las series de los billetes robados.

No era cierto, pero esa mentira había impedido que los atracadores pusieran el dinero en circulación. Esperaban la ocasión de poder en provincias o en el extranjero. Fernand era lo bastante astuto para no apresurarse e impedir que sus hombres abandonasen la ciudad mientras la investigación estaba en su punto álgido.

—¿Dónde?

—En la tapicería de un viejo coche. La tía Loubières, que es una mujer de armas tomar, no se despegó de nosotros ni un momento...

—¿Crees que estaba al corriente del asunto?

—Creo que sí. Registramos los coches uno a uno; de hecho, prácticamente los desmontamos. Bueno, por fin encontramos el dinero.

—No olvides que la señora Loubières debe firmar la declaración.

—Ya lo he intentado, pero se niega.

—Entonces, busca a otros testigos.

—Eso he hecho.

En el caso de Maigret, aquello había tocado a su fin, o casi. No lo necesitaban para interrogar a los testigos ni para proceder a los careos, todo lo cual llevaría horas.

Tras lo cual, cada inspector redactaría su informe. Y él tendría que redactar un informe general.

—¿Puede ponerme con el fiscal Dupont d'Hastier? —Y un momento después—: Han encontrado los billetes.

—¿También el maletín?

El fiscal exigía demasiado... ¿Por qué no pedía asimismo huellas dactilares claras y nítidas?

—El maletín debe de estar flotando en alguna parte del Sena o bien lo quemaron en una estufa de carbón.

—¿En casa de quién descubrieron el dinero?

—Del dueño del taller.

—¿Qué ha comunicado?

—Nada. Aún no le han comunicado que hemos encontrado el dinero.

—Asegúrese de que esté presente su abogado. No quiero que haya objeciones al respecto ni que más adelante eso ocasione incidentes de audiencia.

Cuando los pasillos estuviesen por fin vacíos, se llevarían a los cuatro hombres a la comisaría, y también a Rosalie…. pero ella estaría en otra sala… y allí, completamente desnudos, se someterían al examen antropométrico. Por lo menos para dos de ellos, no era una experiencia nueva.

Probablemente pasarían la noche en una celda de la planta baja, porque el juez de instrucción querría verlos, a la mañana siguiente, antes de que los llevaran a la prisión de la Santé.

El caso solo se llevaría a juicio al cabo de algunos meses, y, para entonces, ya se habrían formado otras bandas, por razones que al comisario no le importaban.

Empujó una puerta, después otra. Encontró a Lucas escribiendo a máquina con dos dedos, frente a una Rosalie que iba y venía por la habitación con los brazos en jarras.

—¡Ah, es usted…! Estará contento, ¿eh? La idea de que Fernand estaba en libertad le quitaba el sueño, y se las ha arreglado para ponerle la soga al cuello. Ni siquiera le da vergüenza arremeter contra una mujer…. Olvida que, en el pasado, venía usted a tomarse una copa a mi bar y que no le molestaba que yo le diera algún soplo…

Era la única que no tenía sueño, que conservaba intactas sus energías.

—Y, para humillarme aún más, ha hecho que me interrogue el más insignificante de sus inspectores… Un hombre al que podría comerme de un solo bocado…

Maigret no respondió, se limitó a guiñarle el ojo a Lucas.

—Voy a acostarme un rato. Han encontrado el dinero.

—¿Qué? —aulló Rosalie.

—No la dejes a solas. Llama a cualquiera para que le haga compañía, algún tipo alto, si eso es lo que ella quiere, y tú pásate a mi despacho.

—Bien, jefe.

Lo llevaron a casa en un coche patrulla de la policía. El patio del Quai des Orfèvres estaba repleto de coches de policía, porque, desde el día anterior, se vivía en estado de movilización general.

—Te vas a acostar, ¿verdad? —le preguntó su mujer, mientras le preparaba la cama—. ¿A qué hora quieres que te despierte?

—A las doce y media.

—¿Tan pronto?

En ese momento, se sentía incapaz de tomar un baño. Lo haría después de dormir. Estaba a punto de dormirse, con la mente embotada, cuando sonó el teléfono.

Extendió el brazo y gruñó:

—Maigret, sí…

—Aquí, Fumel, señor comisario…

—Perdona, estaba a punto de dormirme. ¿Dónde estás?

—En la calle Marbeuf.

—Te escucho.

—Tengo noticias respecto a la manta.

—¿La has encontrado?

—No, y dudo que la encontremos alguna vez, pero había una. El de la gasolinera de la calle Marbeuf está seguro de haberla visto hace una semana aproximadamente.

—¿Por qué se fijó en ella?

—Porque es raro ver una manta, sobre todo de piel, en un coche deportivo...

—¿Cuándo la vio por última vez?

—No puede concretarlo, pero asegura que fue hace poco. Sin embargo, hace dos o tres días, cuando el hijo de Wilton fue a llenar el depósito de gasolina, ya no estaba.

—Ponlo en el informe.

—¿Qué pasará, según usted?

Maigret, que tenía prisas por terminar la conversación, se limitó a responder:

—Nada.

Y colgó. Necesitaba dormir. Además, estaba casi seguro de no equivocarse.

¡No pasaría nada!

Se imaginaba al juez de instrucción con gesto adusto si Maigret le dijese:

—La noche del viernes al sábado, hacia la una, Honoré Cuendet entró en la mansión de Florence Wilton, de soltera Lenoir, en la calle Neuve-Saint-Pierre.

—¿Cómo lo sabe usted?

—Porque Cuendet vigilaba la casa desde hacía cinco semanas, desde una habitación del hotel Lambert.

—Así pues, solo porque un hombre alquila una habitación en un hotel de mala muerte, saca usted la conclusión…

—No se trata de un hombre cualquiera, sino de Honoré Cuendet, que, desde hace treinta años…

Describiría la forma de actuar de Cuendet.

—¿Lo pilló usted alguna vez con las manos en la masa?

Maigret se vería obligado a confesar que no.

—¿Tenía las llaves de la mansión?

—No.

—¿Alguien conocido dentro de la casa?

—Es poco probable.

—¿Y la señora Wilton estaba en su casa, así como los criados?

—Cuendet no entraba nunca en casas desocupadas.

—¿Pretende usted que esa señora…?

—Ella no, su amante.

—¿Cómo sabe usted que tiene un amante?

—Por una prostituta llamada Olga, que también vive enfrente.

—¿Los ha visto juntos en la cama?

—Vio el coche.

—¿Y quién es el amante?

—El hijo de Wilton.

Las imágenes se volvían algo incoherentes, puesto que Maigret veía al juez reírse, lo cual no era habitual en él.

—¿Insinúa usted que esa mujer y su hijastro…?

—El padre y la nuera también…

—¿Cómo?

Contaría la historia de Lida, que había sido la amante del padre después de ser la esposa del hijo.

¡Vamos, vamos! ¡Como si algo así fuera posible! ¿Acaso un magistrado serio, que pertenecía a la más alta burguesía de París, podía admitir por un solo instante…?

—Espero que tendrá usted otras pruebas…

—Sí, señor juez…

Debía de estar durmiendo, en un sueño, porque se veía a sí mismo sacando del bolsillo un envoltorio en el que estaban guardados dos pelos apenas visibles…

—¿Qué es eso?

—Pelos, señor juez.

Otra señal de que era un sueño, de que solo podía ser un sueño. El magistrado preguntó:

—¿Pelos de quién?

—De gato montés.

—¿Por qué montés?

—Porque la manta del coche era de piel de gato montés. Por primera vez en su larga carrera, Cuendet debió de hacer ruido, tirar algún objeto, provocar la alarma dentro de la casa, y entonces lo mataron…

»Los amantes no podían llamar a la policía sin que…

¿Sin qué? Sus ideas se volvían confusas. Sin que Stuart Wilton supiese lo que estaba ocurriendo, evidentemente. Y Stuart Wilton era quien manejaba el dinero…

Ni Florence ni su amante conocían a ese desconocido que había hecho irrupción en su dormitorio. ¿Acaso no fue una decisión inteligente desfigurarlo?

Había sangrado mucho, así que la pareja se vio obligada a limpiarlo todo…

Y luego el coche…

Allí también había restos de sangre en la manta…

—¿Comprende usted, señor juez?

Y allí estaba Maigret, avergonzado, con sus dos pelos.

—Ante todo, ¿quién le ha dicho a usted que estos pelos son de gato montés?

—Un especialista.

—Y otro especialista subirá al estrado para burlarse del primero, afirmando que son pelos de cualquier otro animal…

El juez tenía razón: así sucederían las cosas y todos en la sala se reirían a carcajadas.

Y el abogado, en medio de un revuelo de mangas, diría:

—Vamos, señores, seamos serios… ¿Esta es la prueba para acusar a mis clientes…? ¡Dos pelos!

Claro que las cosas podrían desarrollarse de otra manera. Maigret iría a la mansión de Florence Wilton, le haría preguntas, registraría la casa, interrogaría a los criados.

Mantendría también, en el silencio de su despacho, una larga conversación con el joven Wilton.

Solo que todo aquello iba en contra del reglamento.

—¡Ya está bien, Maigret! Olvide esas fantasías y llévese esos pelos…

Todo aquello le traía sin cuidado. ¿Acaso no le había guiñado un ojo a Lucas hacía un rato?

En cualquier caso, la vieja de la calle Mouffetard no se había equivocado: «Conozco a mi hijo… Estoy segura de que no me dejará sin nada…».

¿Cuánto dinero habría en la…?

Maigret dormía profundamente.

Nunca se sabría.

®

« Certes, ils préfèrent que je ne voie pas certaines choses.
Mais ce qu'il ne faut surtout pas, c'est que je leur en raconte d'autres ».

« — Vous direz tout?
— Et vous?
— J'essaierai. Si je n'y parviens pas, je m'en voudrais toute ma vie ».

«Sin duda, prefieren que yo no vea ciertas cosas.
Pero lo que no debe ocurrir, sobre todo, es que les cuente otras».

«—¿Usted lo dirá todo?
—¿Y usted?
—Trataré. Si no lo consigo, me lo reprocharé toda la vida».

PEUPLES QUI ONT FAIM, 1934